長編伝奇小説・書下ろし

陰《おん》陽《みょう》師《じ》 鬼《おに》一《いち》法《ほう》眼《げん》

―弐之巻―

藤《ふじ》木《き》 稟《りん》

カッパ・ノベルス

本文イラストレーション　藤原ヨウコウ

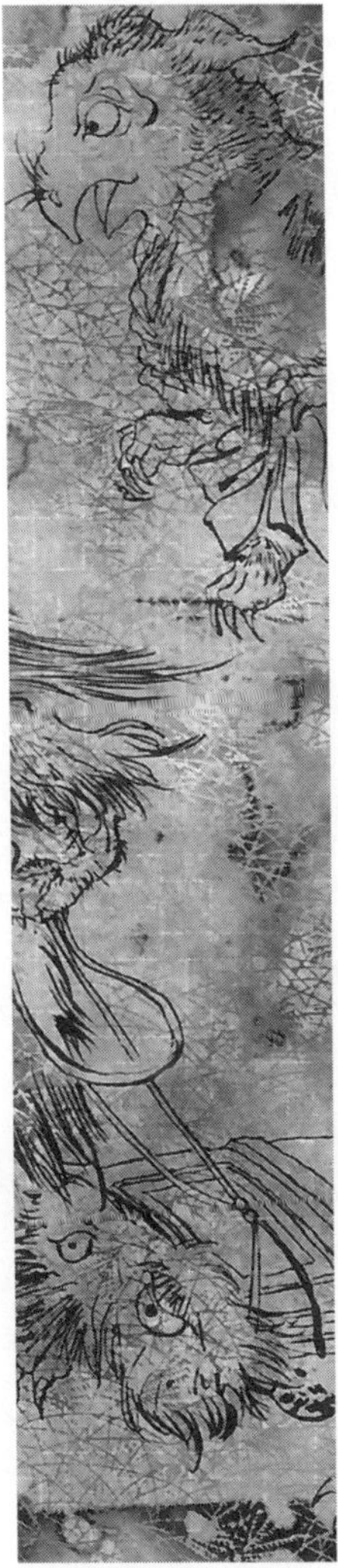

プロローグ

建久《けんきゅう》九年（一一九八年）、鎌倉《かまくら》を揺るがす大異変が起こった。

京都朝廷に十八歳の上皇《じょうこう》が誕生したのだ。鎌倉が最も恐れていた、院政《いんせい》の復活である。

先の後白河法皇《ごしらかわほうおう》の院政によって、鎌倉は散々に翻弄《ほんろう》された。後白河の死後、ようやく鎌倉幕府《ばくふ》の成立が叶《かな》ったという有様《ありさま》だ。それから六年間は何事もなく過ぎた。だが、今再び後白河の孫、後鳥羽《ごとば》が天皇位を退き、上皇の身となって、朝廷の権威回復を叫び始めたのである。

鎌倉と京都の関係は緊張した。

こうした経緯《けいい》の背後には、様々な思惑が交錯し、噂《うわさ》や怪情報が乱れ飛んだ。

この時代には新聞もテレビもなく、公式メディアという概念すらない。多くの人々は「噂」によって情勢を知り、また時にはこれに翻弄された。

噂は風に乗り、様々な人の口を通じ、姿を変えていく。この風を操《あやつ》る者は、隠密《おんみつ》、山人《さんじん》、念仏僧《ねんぶつそう》、行商人、白拍子《しらびょうし》、巷《ちまた》の陰陽師《おんみょうじ》ら——即《すなわ》ち、部外《ぶがい》の者共であった。

(鎌倉の様子はどうだ)

(次期将軍・頼家《よりいえ》は、蹴鞠《けまり》にうつつを抜かしておるとか)

(頼朝《よりとも》の権威も墜《お》ちておる様子)

(また、風が吹きそうな)

(我らの出番が来る時よ)

京の二条殿《にじょうどの》では、後鳥羽上皇と近臣・源通親《みなもとのみちちか》が酒膳を前にしていた。

「通親、まだ頼朝からの入内《じゅだい》の催促《さいそく》は続いておるか」

「はい。大姫《おおひめ》亡き今、次は三幡《さんまん》姫をと……密書が届いてございまする」

「下郎《げろう》が、よく言う」

後鳥羽上皇は、皇家《こうか》には珍しい強健な体軀《たいく》の持ち主だ。目頭が深く切れ込んだ瞳《ひとみ》、広い額、顔立ちにも精悍《せいかん》さが漂っている。

また、彼は菊の花を異常に好み、菊の紋章入りの直衣《のうし》や刀を愛用していた。

「催促は来れども、焦《じ》らしておけば宜《よろ》しいのでございます」

通親は策謀に満ちた口調で杯を傾けた。

「余り焦らすと、頼朝が勘気《かんき》を起こさぬかな?」

後鳥羽は、心配なのか楽しみなのか分からぬ口調で問うた。

「頼朝には出来ますまい。お上に弓を引くとなれば、征夷大将軍《せいいたいしょうぐん》自らが逆賊《ぎゃくぞく》となり、鎌倉の幕府も大義を失いまするゆえ。第一、頼朝は熱病の如《ごと》く入内に執着しておりまするからな。上皇様の譲位を渋々ながら承諾し、土地問題で譲歩し、親幕派の藤原兼実《ふじわらのかねざね》を朝廷から追い出し……この分では、入内を盾《たて》にまだまだ鎌倉の譲歩を引き出せまする」

「通親よ、そちを頼りにしておるぞ」

源通親は「稀代《きたい》の策士」と呼ばれた男だ。

父は右大臣《うだいじん》、しかし摂関《せっかん》藤原家に比べ一段劣る家柄であった彼は、藤原忠雅《ただまさ》の娘、平教盛《たいらののりもり》の娘、高倉《たかくら》家出身の女(後鳥羽の乳母《めのと》)と次々に女を替えながら、朝廷内で成り上がった。

後鳥羽の側近となった通親は、中納言《ちゅうなごん》まで出世し、関白《かんぱく》藤原九条兼実の追い落としに着手する。藤原兼実は、頼朝の引き立てを受けた親幕派。兼実―頼朝の結びつきは、通親―後鳥羽にとって目の上の瘤《こぶ》だった。兼実の娘は、頼朝の後押しもあって、後鳥羽天皇に嫁いでいた。

そこで通親は、後白河法皇の寵姫《ちようき》・丹後局《たんごのつぼね》と組み、通親の養女・在子《ざいし》を後鳥羽に嫁がせた。

次に、頼朝に大姫入内を持ちかける。無論、兼実を牽制《けんせい》し、頼朝に恩を売る目的だ。

ここで頼朝は、永年幕府に貢献してきた兼実を棄《す》て、通親―丹後局に取り入って、大姫入内を成そうとする。

丹後局は荘園《しようえん》の所有権などの問題で、さんざん頼朝から譲歩を勝ち取りつつ、入内の時期を引き延ばした。そうこうする間に、通親の娘・在子が男児（土御門《つちみかど》天皇）を出産。

兼実の娘は『後鳥羽天皇との寝屋《ねや》での睦言《むつごと》が鎌倉に筒抜け』という噂を振《ふ》り撒《ま》かれ、兼実と共に朝廷を追われてしまった。

真に不思議な風聞《ふうぶん》が朝廷内を飛び交い、兼実失脚を引き起こしたのである。

――結果、頼朝は兼実という宮中内の有力シンパを失い、勢いに乗った通親―後鳥羽―丹後局は、院政復活に成功した。

院は院領荘園という私的な経済基盤を持ち、北面《ほくめん》の武士《ぶし》（院御所北面に伺候する、院直属の武士）を雇い、制度や慣習に縛られずに院宣《いんぜん》を出す事が出来る。早い話が、経済力と武力を盾に、臣下の意見や法律に縛られることなく、何だってやりたい放題のワガママ親政が許されるという、困った地位なのだ。

だが頼朝は、どうしても入内を実現させたい慾《よく》から、このとんでもない制度を復活させてしまったのである。


その頃、鎌倉では、梶原景時《かじわらのかげとき》が頼朝の枕元に呼び出されていた。

頼朝は数日来の微熱に悩まされている。大倉《おおくら》幕府に巣食う小鬼の瘴気《しょうき》に当てられていたのだ。

「のう、景時……皆の様子はどうじゃ」

弱気な声には、強い猜疑《さいぎ》の色が滲《にじ》んでいた。

「土地問題で御家人《ごけにん》達の間に争いが起こりがちでございますな。朝廷側国司と幕府側守護の対立も激しくなり、問注所《もんちゅうじょ》（裁判所）に寄せられる相談が増えております」

ほう、と頼朝は気のない返事をした。

「問注所と言えば、三善《みよし》はどうじゃ」

「京都から僧侶を呼ぶという件、政子《まさこ》どのと共に進めておられますな」

「三浦《みうら》の様子は？」

「葉山《はやま》の保養地から戻られて早々、畠山《はたけやま》どのの家来衆と諍《いさか》いがございましたな。なに、小さな言い争いですが」

「そうか……困ったことじゃ。ところで、八田《はった》はどうだ？」

「はて、八田知家《ともいえ》どのは……特に動きはございませんが。それよりも大殿、三幡姫の入内の件でお話があるのですが……」

話しかけた景時の前で、頼朝は鼾《いびき》を立てて眠り始めた。

「……大殿、殿、お疲れでございますか？」

いくら疲れていても、話の途中で眠る事など、かつて一度もなかった頼朝である。景時は眉を顰《ひそ》め、頼朝の寝顔を窺《うかが》った。


余程お疲れなのか……それとも、まさか……

まさか、今ここで、大殿に倒れて頂く訳にはいかぬ……！


鎌倉に、生暖かい風が吹き始めた。

1

深夜、由比ヶ浜《ゆいがはま》――。

ざわり、ざわり、

風もないのに木々の葉室《はむろ》が揺れている。

天空の闇を裂き、煌《きら》めく白弓が数十個現われたかと思うと、各々が輪を描くように交錯し始めた。時折、ピーヒョロロと笛のような音がする。

――どうやら鳶《とび》のようだ。鷹《たか》科の猛禽類《もうきんるい》である。

彼らは、長い翼を殆《ほとん》ど動かさず、上手《うま》く浜風に乗っていた。

その濃褐色の体は、夜目に明らかではない。ただ、風切羽根に印された弓形の白斑《はくはん》だけが、縦横無尽に宙を切っていた。

騒がしい鎌倉鷗《かもめ》が、この十日ばかり浜に寄り付かぬのは、これらの群が現われたからに違いない。

しかし、鳶は夜行性でないはず。こんな深夜に飛んでいるとはどうにも妖《あや》しい。

夜更かし癖のある一群であろうか？

鳶らは暫《しばら》く一カ所に固まって旋回を繰り返した後、鮮やかに四方八方へと散った。後に残ったのは三匹の鳶。やがて彼らの姿も、近くの銀杏《いちょう》に吸い込まれるようにして消えた。

穏やかな波の音が鎌倉を包み込んだ。干潮の浜辺で磯蟹《いそがに》達が戯《たわむ》れている。だが、付近には恐ろしげな物も転がっていた。人の死体である。

この時代、庶民や下級武士には、死体を墓に埋めるという習慣がない。『死の穢《けが》れ』を恐れるのは、京都の公家《くげ》か、一部の実力者だけ。それであるから、多くの死体は浜に打ち棄てられ、上から僅《わず》かに砂がかけられる程度であった。

行き倒れの犬猫、解体された牛馬の死骸もまた同様に、浜に転がされていた。

――と、その時突然、銀杏の葉陰からもの凄《すご》い勢いで急降下してきた影が、小犬の死骸を素早く摑《つか》み、再び樹上に持って上がった。

その姿、すでに只の鳶ではない。山伏《やまぶし》装束を纏《まと》い、半《なか》ば人間めいている。

腐りかけた死骸を鉤爪《かぎつめ》の足で摑み、にやりと嘴《くちばし》を歪《ゆが》めて笑ったのは、礫《つぶて》という名の若い鳶天《てん》狗《ぐ》だ。貪婪《どんらん》に死骸をついばみ始める。その目玉は爛々《らんらん》と黄色く光っていた。

これを厭気顔で眺めていたのは、残る二匹の鳶天狗。古杣《ふるそま》と山彦《やまひこ》である。二匹は、礫より一層人間に近い姿をしていた。

古杣は、頭頂が禿《は》げた年寄りの山伏そっくりだ。人との違いは、背中に羽根が生えていることぐらいだろうか。

山彦はと言えば、手足は人間、羽根と顔は鳶。そうして片足という奇妙な姿だ。

彼らは、京都鞍馬山《くらまやま》の大天狗・魔王大僧正坊《だいそうじようぼう》配下の鳶天狗であった。牛若《うしわか》天狗の依頼で鎌倉へ派遣されてきた、伏兵群の隊長格である。

貴船《きぶね》・鞍馬《くらま》山から愛宕《あたご》山にかけて、京都北西部を覆う広大な愛宕山群《さんぐん》には、古来より実に様々な天狗族が棲《す》み着《つ》いていた。

『比良山古人霊託』に、次のような逸話がある。

比良山の大天狗が、ある女房に憑《つ》いた。そこで、時の摂政関白・九条道家《みちいえ》が、

「建設中の伽藍《がらん》（東福寺《とうふくじ》）は無事完成出来るか」

と、高名な僧を通して比良山天狗に伺いを立てたところ、

『東福寺のことは我が比良山の天狗部族に言うことを聞かせて必ず完成させてやるが、愛宕山でのことならば約束は出来ぬ。なにしろ部族が極めて多いから、思うにまかせぬのだ』

と答えたという。

比良山大天狗は大僧正坊太郎の弟、次郎である。彼をして『手に負えぬ』と言わしめた程に、種類が多かったというわけだ。

主なところだけでも、鼻高天狗、烏《からす》天狗、妖霊天狗、辰巳《たつみ》天狗、川天狗、朝日天狗、夕日天狗、てろう天狗、天女天狗……等々がある。

だがその中でも最も数多き部族と言えば、やはり鳶天狗であろう。

亡き三条《さんじょう》天皇の肩に乗り、翼で両目を塞《ふさ》いで眼病にしたのも鳶天狗、醍醐《だいご》天皇の御世《みよ》に仏を偽って柿の上に現われたのも鳶天狗である。

――とは言え、同じ鳶天狗になるにも成り立ち様が違う場合もある故に、話は少々複雑だ。

「礫、よくもまぁ、そんな腐ったモノが食えるものよ」

古杣は顔を歪め、大袈裟《おおげさ》に鼻を摘《つま》んだ。

礫は食い終えて骨ばかりになった犬の死骸を足でひょいと摘み、地面に投げ落とした。

「何を言うか。もともと俺っちが鳶だった頃はよ、腐った鼠《ねずみ》や魚が大の好物だったろうが。あんまり遠い昔の事で、惚《ほう》けて忘れたか？　古杣よ」

古杣はむっとした顔で、

「お主とわしとでは天狗としての出が違う。お主は年くった鳶が山の霊気を受けて鳶天狗になったものだろうが、わしは山の霊気が籠《こも》った谷で修行をした者達の霊魂が、代々に亘《わた》って凝《こ》り固まり、こうして鳶天狗になったのじゃ。わしは腐った鼠や魚など食ったことはないぞ。それどころか菜食主義じゃ」

なんじゃ、と礫はつまらなそうに言い、山彦を見た。

「山彦よ、お前はどうじゃ、俺っちとはやはり出が違うと言うか？」

山彦は、ぽりぽりと顎《あご》を掻《か》きながら、のんびり答えた。

「そうだのうー、我は木霊《こだま》の化身だからのう。少し違うかのう。まぁしかし、人霊が混ざっていない点では、古杣よりは礫に近いのかものう」

礫は嬉しそうに、

「ふふっ、まったく人霊の混ざっておるやつにはロクな奴がおらぬからな」

古杣が、なにっ、といきり立つのを、山彦が、まぁまぁ、と抑えた。

「それよりほぅれ、あれを見ろ。取ったはずの布が又、結ばれておるのう」

山彦が指差した銀杏の頂には、麻布が長くたなびいている。

「なんだと、ここもか！」

礫が頭から湯気を出して怒った。古杣は溜息《ためいき》混じりに腕組みをした。

「で、結局今宵《こよい》は何枚とれたのじゃ？」

「十八枚よ、それ以外は、式神《しきがみ》らめに邪魔されて取れなんだり、再び結び直されたりしておるのう」

山彦がのんびりと答えた。それに地団駄を踏んだのは礫だ。

「取っても取ってもどうせ次の日にはまた結ばれる。これでは鼬《いたち》ごっこじゃ！」

「そうは言っても、少しでも陰陽師めを妨害して、帝《みかど》様の手助けをしろと牛若様の命令じゃもの、仕方もあるまい」

山彦は耳をほじりながら胡座《あぐら》をかいた。

「さぁて、弁慶《べんけい》どのはどうしておられるかのう？」

「子鬼どもと手分けして山之内《やまのうち》のほうを回られておるとか。しかし山之内はあの二郎丸なる式神が守護しておるので容易ではないそうな」

古杣が答え、北の空を振り仰いだ。


北鎌倉は山之内上空に、不気味な暗雲が渦巻いている。其処《そこ》から放たれた幾条もの閃光が、闇を切り裂き、天を割った。

雲の上では、屈強な怪鬼・弁慶が鎖鎌《くさりがま》を頭上高くに振り回し、二郎丸の構える三尖両刃刀に向かって叩きつけた。二郎丸が鎖を薙《な》ぎ払うと、今度は鎌が空を切り、二郎丸の額に開いた第三の瞳を狙う。これを紙一重で躱し、

「哮天犬《こうてんけん》っ！」

二郎丸が叫ぶ。

巨大な山犬と化した哮天犬は、主人の呼び声に答え、目にも留まらぬ早さで弁慶に飛び掛かった。接近戦では鎖鎌は不利と見て、弁慶が鉄の二叉を構える。その間隙を縫い、二郎丸が脳天め

がけて太刀を浴びせた。

「ぐうぬっ！」

頭を庇《かば》った弁慶の左腕から、どろりと青い血が流れる。

「弁慶め、今宵こそ決着をつけてやる！」

「それはこちらの台詞、小鬼共、行けい！」

弁慶の声に、二百匹余りの小鬼が一斉に、二郎へと躍りかかる。咬天犬が小鬼の群に突進し、恐ろしげな牙で小鬼達を引き裂いた。

ぎゃぁああああーっ
ぐぉぉぉぉおおおおっ

鬼達の阿鼻叫喚が山に木霊する。

双方、一歩も譲らぬ熾烈な戦いであった。

顔を顰《しか》めてこの様子を見ていた山彦は、ぶるりと身を震わせた。

「おお、何と恐ろしいのう。……山之内に行かずと済むぶん、我らの仕事は楽な方じゃのう。まあ、鎌倉も住めば都。ゆっくり仕事するしかないわいな」

「山彦め、そうのんびり言われると、余計イライラしちまわ」

礫はペッ、と唾を吐き、肩をいからせる。

「俺っちはな、牛若様のご命令に不服なわけじゃないぞ。何かと邪魔者が彷徨《うろつ》いておるのが気に入らぬのよ」

礫は不快げに逆毛を立て、遠く八雲神社《やくもじんじゃ》の方角を睨《にら》んだ。けたたましい太鼓《たいこ》の音が、境内から漏れ聞こえてくる……。


八雲神社に鎮まるのは、鬼の帝《みかど》・牛頭《ごず》天皇だ。

最近、帝はどうやら御不快らしい。

これをお慰めしようと懸命に太鼓を叩き、舞い踊っていたのは、その眷属《けんぞく》たる十二支の化け物達。面白可笑《おもしろおか》しい田楽《でんがく》の芸を次々繰り出しながら、普段より一層賑《にぎ》やかに曲を囃《はや》し立《た》てていた。

ところが、それが帝の気に触った様子。ついに祠《ほこら》の内から地鳴りのような声が轟《とどろ》いた。


騒がしいぞ、もう止めい！　無粋《ぶすい》な芸じゃ！


化け物達は糸の切れた操り人形のようにぴたりと動きを止めた。

その時である。

境内に妖しい鬼火が渦を巻いて灯《とも》り、何処《いづこ》からか典雅な笛の音が流れてきた。

「誰ぞ！」

子《ねずみ》の物《もの》の怪《け》が叫ぶ。銀色の針山の如きハリネズミの化け物だ。

蒼白い光の中から現われたのは、少女と見紛うばかりに美しい稚児《ちご》である。

「お前は牛若天狗じゃな。今宵は帝様が御不快じゃ、出直してこられよ！」

猿が不遜《ふそん》に言い放った。


通らせよ！　朕はお前共の田楽より、牛若の笛が聞きたいぞ！


祠の内から雷のような声がした。

十二支の化け物達は不服顔で囁《ささや》き合《あ》う。

牛若はせせら笑いながら彼等の脇を通り抜け、八雲社の扉を開けた。

広い社の奥に、九本の角《つの》を生やした大鬼が鎮座《ちんざ》している。牛頭天皇だ。その身体から放たれる紫炎に煽《あお》られ、豪奢《ごうしゃ》な神棚が闇に浮かんでは消える。蠟燭《ろうそく》に照らされた神鏡《しんきょう》の端が三日月のように鋭く輝いていた。

牛若は祭壇の前に膝《ひざ》をつき、深く頭を下げて礼を取ると、

〽もとの渚《なぎさ》にひれ伏して　松浦佐用姫《まつらさよひめ》も
我が身には　よも増さじと
声も惜しまず泣き居たり――

見事な素声《しらごえ》で謳《うた》いあげた。謀事《はかりごと》で島流しにされた男の歌である。続いて牛若は優雅に笛を構え、切なく情感たっぷりに奏で始めた。

帝の瞼《まぶた》が静かに伏せられた。笏《しゃく》の陰から漏らされたやるせない溜息が、赤い炎と化す。

『……さてのう、そちの首尾はどうじゃ』

幾分、不快が失《う》せたのだろう。厳《おごそ》かな声が牛若に投げられた。

「ははーっ、真に申し訳ござりませぬ。鳶天狗どもに陰陽師の小賢《こざか》しい技を妨害させてはおりますが、事態は一進一退」

途端に、怒りの思念が大気を震わせた。何百という猛獣が一斉に唸《うな》っているような音が、周囲に響く。

さすがの牛若も青ざめ、畏《かしこ》まって平伏する。

『何故、陰陽師一人に手を焼いておる？』

「はっ、鬼一法眼《おにいちほうげん》と申すあの者、今は一介の巷の陰陽師でございますが、以前は京の陰陽寮《おんみようりよう》

でも一、二と言われる呪《じゅ》の使い手だったとか。その上、貴船明神様の霊気を受けた身と聞き及びます」

むむううぅぅぅぅぅ

突然、社のうちに目映《まばゆ》い稲光が駆け巡り、牛若の背後の扉がビシリと断ち割れた。

『山神《やまがみ》の霊気を受けた陰陽師と申すか……どうりでのう、あな憎らしや』

牛頭天皇が興奮したのも無理はなかった。

『山神』とは、天神《てんしん》系である牛頭天皇とは全く別系列に属する神霊なのだ。しかも、大和《やまと》八州の地霊に属する神であるから、天神よりも遥かに霊系が古く、誇り高い神霊だと言える。生前はこれらと闘い、制圧した牛頭天皇ゆえ、霊力においては遅れを取るものでない。だが、帝の威光が通じぬ点において、いかにもやりにくい相手と言えた。

『それで牛若、どうするつもりじゃ』

「はっ、我に良い考えがござりまする。山神には山神をもって対抗させるのが得策かと」

『ほう……山神には山神をとな？』

はい、と牛若は妖艶《ようえん》に笑った。

「貴船が京を祟《たた》る大怨霊なれば、鎌倉にも鎌倉権五郎《ごんごろう》どのという大怨霊《だいおんりょう》がおられまする」

『ぬう、鎌倉権五郎か、あれは朕の言うことも聞かぬ気むずかしい男。それをどう動かす？』

「はい。それ故《ゆえ》、帝様にお願い申し上げておりました次第です……」

すると、牛頭天皇は笏を打ち、

『おお、忘れておった。用意しておったぞ、受けとるがよい』

重い軋《きしみ》音を立てて神棚の扉が開く。それと共に、身も凍る冷気が牛若に吹き付けてきた。

風に圧《お》され思わず数歩後ずさった牛若である。やがて目を開いた彼の前には、白い小さな光が浮かんでいた。

「おおっ！」

牛若の顔が狂喜に上気した。

『牛頭馬頭《ごずめず》に命じて賽《さい》の河原《かわら》より連れてきた、そちの子じゃ』

白い光の内で、嬰児《えいじ》が体を丸めている。牛若は、ふよふよと柔らかいその身体を掻き抱き、愛おしげに頬《ほお》ずりをした。

「吾子《あこ》よ！　ようやく父の手に抱くことが出来た」

牛若は床に額をすりつけ、深々と礼を取った。

「真に有り難うございました。後はこの牛若にお任せ下さりませ……。

おそれながらこの牛若、天狗にござりますれば、多少は山神との霊脈を持っております。鎌倉権五郎どのの説得は御安心召されませ。帝様の御不快、必ず晴らしてくれましょうぞ！」

2

一方、銀杏の上では相変わらず鳶天狗達がぼやいている。

「物騒がしいデンスケ共め、帝様のお気に入りか何か知らんが、大きい顔をしくさって！　たかが十二支の化け物に何故、こっちがぺこぺこせねばならんのじゃ」

「そう怒るな、礫《つぶて》よ。今のうち、今のうち。暫くは良い気にさせておけばいいだろうよ。そのうち風向きも変わろうて」

山彦《やまひこ》は礫の背を宥《なだ》めるように叩いた。

「そんなことより、見ろ！　坊主《ぼうず》が歩いてきよったぞ」

古杣《ふるそま》が大声を上げた。

稲村《いなむら》ヶ崎《がさき》から続く尾根道を通り、由比ヶ浜に現われたのは、小坊主を二人連れた僧侶姿の若者である。

年は二十二歳、何の奇もなげな、ごく大人しい風采《ふうさい》の男だ。真面目《まじめ》そうな広い額に、実直さを表す一文字眉。一重瞼の目は、どこか悲しげな色を帯びている。

「なんと弱っちそうな奴じゃ、一寸《ちょっと》からかってやろうか」

と、礫が笑った。

「密教僧か？」

しわがれ声で古杣が呟《つぶや》き、山彦をじっと窺う。

山彦は目を閉じて観想を始めた。彼は人が何を考えているか、心の奥を見抜く力を持っている。

それ故、彼は『妖怪・サトリ』の名で、人の噂にのぼることもあった。

「おおっ、読めてきたぞ、読めてきたぞ……僧の心中が読めてきたぞ……。あれは叡仁阿闍梨《えいにんあじゃり》という比叡山《ひえいざん》の密教僧じゃ。北条《ほうじょう》政子に招かれたらしい。これは……一寸変わり者じゃな……

『大阿闍梨に昇格を』との誘いを未熟者ゆえと断り、阿闍梨の位に留まっておる」

「ふん、意気地なしめ。やっぱり、へなちょこじゃ」

傍らで礫が高らかに言う。

「おい、そう乱暴を言うな。仮にも比叡の高僧だぞ、さぞかし法力も強かろう」

古杣に制され、礫が押し黙る。

山彦は目を閉じたまま、ニンマリと笑った。

「いやいや、礫の言う事も一理あるかも知れんのう。あれは修行僧ではない。だからな、見えぬのよ」

それを聞くと、古杣はけらけらと笑い出し、礫はきょとん、と大きな目玉を瞬《しばた》いた。

「何がそう可笑しい、古杣の」

「これが笑わずにおれようか。我らが姿、あの僧には見えぬということよ」

「冗談だろう？　比叡の僧に、そんな間抜けがいるものなのか？」

山彦は、むむっと呻吟《しんぎん》し、固く目を瞑《つむ》る。

「……あやつ、九条兼実《かねざね》の甥《おい》らしいのう。大姫入内の件で頼朝に裏切られ、兼実は失脚したじゃろう。それで、あやつの地位も危うくなったのじゃ。それを政子が、『霊験《れいげん》あらたかな高僧』と触れ込んで鎌倉に迎えたわけじゃが……ははは……本人はそれで悩んでおるようじゃのう、『叔父上のお陰で今の地位を得、そのご恩に報いねばと、日々経学《けいがく》を怠《おこた》らず懸命に努めてきた私だが、未だ不思議の一つも体験せぬ。御仏《みほとけ》の姿を見たこともない。これでは、とても大阿闍梨になどなれぬ。またそのような身で、一社寺を任されてよいものか……』」

叡仁の心の内を呟いた山彦自身も、聞いていた二匹も、腹を抱えた。

「これは確かに、変わり者じゃ！」

古杣は不敵な笑みを浮かべて、

「厳しい修行を経て阿闍梨になるのが理《り》の当然じゃ。ところが公家の奴ら、僧になればすぐに高位に登りよる。教典の解釈講義しか勉学せぬ青臭いインテリのくせ、偉そうに威張り散らしておるのが常じゃ。かつての修行者《わし》も、学僧どもにどれほど悔しき思いをしたことか！」

ギリギリと歯軋《はぎし》りをした古杣に、「やるか、憂《う》さ晴らしじゃ」と礫が誘いをかける。

「おうよ」

言うが早いか、二匹は叡仁の目の前に舞い降りた。

「おっ、おい……余計なことは止めておいたほうがいいと思うがのう」

山彦は不安げに二匹を見送った。

よもや自分の目前に鳶天狗が立ちふさがっていようなど、叡仁阿闍梨は知る由《よし》もない。生真面目な顔に苦悩を滲ませ、無言で歩き続けている。

天狗達はこれを見て、また腹を抱えて笑い、僧の目の前でアカンベをしたり、尻を突きだして叩いてみせたりした。

「けけけっ、これは愉快じゃ。本当に俺っちが見えてないぞ。真面目くさった間抜け面で、どんどん歩きよる」

「ふふっ、学僧の阿闍梨などそんなものよ。よし、わしが足をひっかけてあの僧を蹴転ばしてくれるわ」

古杣は、ひょい、ひょい、と身軽に飛び跳ねて叡仁の真横に迫り、その歩先にタイミングよく足を差し出した。

「どうじゃ！」

礫が固唾《かたず》を呑《の》み、見逃すまいと目を見開く。

踏み出した叡仁の足が、あわや古杣の足にかかろうとした。が、次の瞬間、僧の足は何もない地面に無事着地していた。

唖然《あぜん》とした古杣を後目《しりめ》に、振り返りもせず歩いていく。

「何を間抜けなことをしとるんじゃ、俺っちに任せろ」

そう言うと礫は両翼を大きく広げ、供の小坊主が掲げる提灯《ちょうちん》に旋風を送った。

ふっ、と炎がかき消え、僧らは忽ち《たちま》漆黒《しっこく》の帳《とばり》に包まれた。


「叡仁様、風もないのに提灯が……！」

「な、何も見えませぬ」


供の者が取り乱すのを、二匹の天狗は目を細めて見ていた。

叡仁は「落ち着きなさい、落ち着きなさい」と細い声で諭《さと》している。

「確かここらに火打ち石が……ああ、ありました。さあ、これで火をお点《つ》けなさい」

「はっ、はい、かしこまりました」

「お、奇怪《おか》しいですね、なかなか点きません」

小坊主達はすっかり怯《おび》え、声を震わせている。

「大丈夫ですから、焦らずに……」

「はっ、はい」

ところが、何度石を叩いても、うまく火が点かないのである。

――それもそのはず、火花が出る側から、礫が煽《あお》ぎ消しているのだ。

「叡仁様、妖しゅうございます。打っても、打っても、火が消えてしまいます」

涙声で小坊主が訴える。

叡仁は眉間《みけん》に皺《しわ》を寄せ、見当違いにも提灯の芯《しん》の具合を確かめた。

「はて、芯が湿ってでもいるのでしょうか。どれ貸しなさい、一寸私がやってみましょう」

石を受け取った叡仁が、提灯の前に屈《かが》み込《こ》んだ。

礫もここぞとばかりに翼を構え、側に詰め寄った。

（なかなか点かぬか……）

叡仁は溜息を吐くと、勢いよく腕を振りかぶり、思い切り火打ち石を叩きつけた。

――その瞬間、礫の嘴《くちばし》に、石がガツンと当たったから堪《たま》らない。人間で言えば鼻柱のちょうど真ん中辺りの位置である。

「あ痛たたたたっ」

礫は翼で嘴を覆い、咄嗟《とっさ》に俯《うつむ》いた。そこへ、

「おや、点いたではないか」

と、叡仁が火のついた芯を持ち上げたものだから、今度は額がジリリと焼けた。

「あちちちちっ！」

礫は目を白黒させながら転倒した。

「礫よ、大丈夫か」

古杣が慌《あわ》てて側に駆け寄る。

「くっそーー、あんの糞坊主め、嘗《な》めやがって！」

礫が怒髪をたてて叫ぶと、ざざっと奇妙な風の音が鳴り渡った。

「止せ、礫！　余り目立つと不味《まず》いぞ」

古杣の制止を、礫は「うるせえ！」と蹴散らした。


「叡仁様、何でしょう。今、気味の悪い風の音が……」

供の一人が、恐々《こわごわ》と灯《あか》りを掲げ、遠くの夜道にまで眼を走らせる。

その途端、もう一人が「痛い！」と頬を押さえて蹲《うずくま》った。

「こっ、これは一体……？」

バラバラと音を立て、三人の頭上に無数の小石が降り注ぎ始めた。慌てて近くの木陰へ逃げ込んだ三人だったが、奇怪なことに今度は石礫が横殴りに降り込んでくる。

「怪異でございます！　叡仁様、お助け下さい！」

背を丸めて蹲り、小坊主達が叫んだ。

叡仁は袖《そで》で礫《つぶて》を防ぎながら、ううむ、と呻吟した。

比叡山ではひたすら仏を念じ、経文と講釈を修め、日々論文を書いていた叡仁である。山の物の怪や、巷の怪異を処置する方法など、さっぱり見当もつかない。

ああ、無知無力な己《おの》れが恥ずかしい！

私一人ならば、これも試練と礫を受けようが、供の身をどうにかせねば……

今の私に出来ることと言えば、仏を念じ祈ることだけだ

彼は、懐《ふところ》から大切そうに大日如来像《だいにちにょらい》を取り出すと、やおら大日経を唱え始めた。

これを見て、呆《あき》れたのは古杣だ。

「おいおい、不動金縛《ふどうかなしば》りでも施すならいざ知らず、大日経を唱えるとは、物知らずな阿呆めが。大日経は、坊主の精神修行用の経文じゃぞ、我ら天狗には何の効果もないわ」

「……あいつ、頭大丈夫か？」

礫も嘴をあんぐりと開けた。

その時、大日如来像の内に厳《おごそ》かな光が宿った。かと思うと、見る間に像が黄金光に包まれていく。金粉めいた煌《きら》めきが、その周囲を漂い始めた。

「おっ、おい、あれは何じゃ！」

礫が金切り声を上げた。

「うっ、噓だろう……、なにやら分《ぶ》の悪いことに……なったのでは……」

古杣が不吉な予感にぶるっと震え、飛び上がろうとした瞬間、仏像から眼も眩《くら》むような閃光《せんこう》が放たれた。

無論、人の眼には見えぬ光だが、天狗達にとっては息の根が止まるほど凄まじい閃光だ。


ぎゃあぁぁあぁぁああぁぁ！


裂帛《れっぱく》の悲鳴を上げて、二匹は弾《はじ》き飛《と》ばされた。

「眼っ、眼が見えぬ！」

「痛たたたたっ、身体が痺《しび》れるぞ！　どうなってる！」

羽を焦がされ、二匹の天狗は地面をのたうった。

これに慌てたのは山彦だ。仏像の光が一瞬消えた隙《すき》を縫って舞い降りると、二匹を小脇に抱え、慌てて上空へ飛び上がった。

「やれ、石礫《いしつぶて》が止みましたぞ！」

「さすがは叡仁阿闍梨様！」

供の声に気づいた叡仁は、一心不乱に読んでいた経文を止めた。

……こ、これで良かったのだろうか？

大日如来を懐におさめた叡仁の胸中は、はなはだ不安であった。どうやら礫の雨は無事に過ぎてくれたようだ。だが、一体何が起こったのか、己れはこの事態に何事か成し得たのだろうか。そして、御仏におすがりした己れの心根は、確かに清らかなものであったろうか……。

はしゃぐ供達を眺めながら、叡仁は自問自答を繰り返していた。

このようなことで、一寺の主となることなど、本当に出来るのだろうか……

天狗達は再び銀杏に身を潜めていた。山彦が礫と古杣の火傷《やけど》に薬を塗ってやる。

「いててて……」

礫は飛び上がり、古杣は悔しげに唇を噛《か》んだ。

「よかったことよのう、焦げただけで助かって。羽が折れでもしたら、霊力を失うところだったぞ。だから余計なことはせぬようにと言うたのじゃ、我の話を終《しま》いまで聞いておれば良かったものを……」

山彦は気の毒そうに言った。

あと半刻《はんとき》もすれば丑三《うしみ》つ刻《どき》が終わり、空は夜明けの準備を始める。それは、地上の気が、もっとも清浄になる時刻だ。

「朝までに、傷が癒《い》えると良いがのう……」

山彦の呟きに、二匹はしゅん、と項垂《うなだ》れた。

――これはまた、おかしな僧が来たものよ

法眼はククッと喉を鳴らして笑った。

3

「……嫌ッ……いま……は……外の様子になぞ……気を遣《や》らずに……」

水蓉太夫《すいようだゆう》は、法眼の腰に巻き付けていた腿《もも》をぎゅっ、と締めた。彼女は目合《まぐわ》いの最中には殊更《ことさら》気配に敏感になる。

瞬間、法眼は低い声で呻《うめ》くと、求めに応じてその律動を早めた。

水蓉の裸体は汗ばみ、桜色に燃えている。突かれる度、豊かな乳房が大きく上下に揺れた。漏れる吐息は火のように熱い。

「あ……ッ……はあ……ッ……」

水蓉の艶《なま》めかしい肢体が痙攣《けいれん》を始める。

法眼は彼女の片脚を高く持ち上げ、更に深く侵入した。腰の動きが鋭くなる。蒲団《ふとん》が擦れる音が激しさを増した。

「龍《りゅう》……龍……落ち……る……あっ……っ……あああーーッ」

水蓉は痺れるような余韻《よいん》の中で、再び法眼の身体に腕を絡めた。彼が果てるまで、幾度でも求めようというのだろう。

「姉上、龍水《りゅうすい》……まろにも……」

傍らでそっと水見太夫《すいけんだゆう》の囁き声がし、二人の間に細い腕が伸びてくる。

だが、水蓉はまだ解放してくれそうにない。こんな時の彼女は雌豹《めひょう》のように果敢《かかん》である。爪《つめ》を強く法眼の背に突き立てた。

仕方がない――、法眼は下半身を水蓉に埋めたまま、上半身で水見を抱き寄せた。

水見の体はたおやかで細い。水蓉の肌がしっとりと湿った絹の感触だとすれば、水見のそれは桜花の柔らかさだ。

乳房の自然な下垂れが美しい陰影をつくっている。法眼はゆっくりとその乳房を弄《もてあそ》びながら、薄紅色の乳首に歯を立てた。

「あッ、熱い……」

――この騒ぎで、隅の蒲団に眠っていた水鳴太夫《すいめいだゆう》が目を覚ました。

寝惚《ねぼ》け眼《まなこ》を擦《こす》ると、二つの女体と二つの男体が絡み合っている様が、闇の中に浮かび上がる。

彼女は頭から蒲団を被《かぶ》ってみたが、あまりの五月蠅《うるさ》さに跳ね起きると、蚊帳《かや》の外にのっそりと這《は》い出《だ》した。

まったく毎夜、毎夜、姉上達もよく同じことをして飽きぬものじゃ
五月蠅くて眠れぬ！

水鳴は、ぷうっ、と頰を膨らませた。

水蓉、水見、水鳴——世にも美しいこの三人の白拍子《しらびょうし》は、法眼の女房であり、それぞれに摩訶不思議《まかふしぎ》な能力を有した女達だった。

女房——とは言うものの、一番年下の水鳴は十四歳。法眼との床入《とこい》りは未だない。

水鳴は欠伸《あくび》をすると、いつものように全裸のままで、縁側に胡座をかいた。

月光がその華奢《きやしや》な肢体を洗い流していく。首も肩も腰も尻も、まだ肉が薄く、女性らしい曲線を描いてはいない。胸は白椀を二つ伏せた分の膨らみしかない。

だが、滑らかな肌は磁器のように白く、独特のエロティックな香気を放っていた。

片胡座を組み、頰杖をついた姿は中性的で、弥勒菩薩《みろくぼさつ》を連想させた。

「……これでは、お主らも眠れまい」

水鳴は縁側で鳴いている鈴虫《すずむし》と蟋蟀《こおろぎ》を指先に止まらせた。

鳴き比べをさせようというのだ。

りりーーん、りりーーん

鈴虫が先に鳴いた。

「ほれ、次はお前じゃ」

水鳴が蟋蟀に命じると、虫は薄緑色の羽根を細かく震わせ、

スイッチョン

その声を遮《さえぎ》るように、「はあっ……」と、甘い声が響く。

——今のは水見の姉様じゃな
水鳴はちらり、と背後を振り返った。

蚊帳の向こうで、白い太股《ふともも》がちらちらと揺れている。せわしない息遣いが漏れ聞こえ、やがてその乱れようが激しくなる。

「あれ……」

儚《はかな》い声と共に、白い喉が仰《の》け反《ぞ》る。

水鳴は視線を前に戻し、切灯台《きりとうだい》に火を入れると、昼間縁側に読み捨てていた本を手に取った。

小難しい顔で眉根を寄せ、神経を耳から目に集中する。

そうして、水鳴が本に没頭し、すっかり周囲の事を忘れた頃、蚊帳の向こうに一瞬の沈黙が訪れた。

ややあって、蚊帳を立ち分け現われたのは、水蓉太夫だ。しっとりと汗ばんだ全身が、艶々と妖気を発して輝いている。

水蓉は水鳴の小さな背中を認めると、母のように微笑《ほほえ》んだ。そっと背後から、豊満な乳房を水鳴の背に押し当てる。

「何を読んでおるのじゃ？」

水鳴は、その声に弾かれたように面《おもて》を上げた。

水蓉が本を覗《のぞ》き込《こ》み、顔を顰《しか》める。

「『拾遺往生伝《しゅういおうじょうでん》』とは……。またなんとも小難しい本を読んでおるのう」

「三善のジジイにあたる算博士《さんはかせ》が書いたというから、わざわざ京から写本を取り寄せたが、まるで退屈な本じゃ。物の見方が類型的というか、ジジイそのものというか」

「お主、こんな物ばかり読んでおるから、目が疲れ霞《かす》んでしまうのじゃ」

ふうっ、と水蓉が溜息をついた。

蚊帳の内では、しっとりと潤《うる》んだ目で、水見太夫が法眼を見つめていた。彼女の欲望は果てていたが、まだ愛おしげに男の身体を撫《な》でている。

普段は酷《ひど》く痩《や》せて見える法眼だが、そのしっかりと組まれた骨格は水見の好むところであった。小さい骨のひとつひとつにまで、しなやかな筋肉がついている。真っ直ぐに伸びた背骨から細い腰へと腕を滑《すべ》らせた水見は、ふと、訝《いぶか》しげな顔をした。

暗鬱《あんうつ》な蔭《かげ》を湛《たた》える男の横顔は普段と変わりないが、薄い唇が僅かに持ち上がっていたからだ。

「どうした、龍水《りゅうすい》……何が可笑しい？」


女房達は法眼を「龍水」と呼ぶ。それは、賀茂《かもの》龍水——それが彼の本来の名である為だ。『鬼一法眼』とは、巷の陰陽師頭の世襲《せしゅう》名、すなわち世間の『通り名』であった。


「いや、政子が呼び寄せた天台宗《てんだいしゅう》の僧、あまりに公家らしからぬのが面白くてな」

先程の叡仁と鳶天狗達の様子を、天通眼で見通していた法眼である。

水見は気怠《けだる》げに身を起こし、乱れ髪を櫛《くし》でとかした。

「ああ……叡仁阿闍梨のことか？　英才と誉《ほま》れ高《たか》い方だそうじゃが、余りに出来過ぎて、兄弟子達に嫌われていたようじゃなあ」

「兼実の失脚で、彼の弟・慈円《じえん》も天台座主《ざす》を追われたことだし、甥の叡仁も、後ろ盾を無くしたのを幸いとばかりに、いびり出されたのだろうよ。……あの清廉《せいれん》さでは、相当に天台僧どもの嫉《しっ》妬《と》を買っていたろうからな。
藤原家は天皇家の祭司・中臣《なかとみ》氏に遡《さかのぼ》る血筋ではあるが、今の世になってあのような者が輩出されるとは、なんとも皮肉なことよ」

そう語るうちに、法眼の表情が険しくなった。山之内へと帰っていく牛若と後白河天狗の牛車《ぎっしゃ》が見えたからだ。

「全く……あのモノどもも懲《こ》りんな」

そろそろ『五行相剋《ごぎょうそうこく》の呪』を始める時刻であった。

法眼は億劫《おっくう》そうに立ち上がった。

一方、縁側の水蓉は『拾遺往生伝』を数頁読んでみたが、すぐに暗い顔で水鳴に差し返した。

「おお、よくもこんなものが読めるものよ。抹香臭《まっこうくさ》い学問書に面白いものなどあろうか、歌集のほうがずっと良いわ。……それより水鳴、今宵《こよい》もまだその気にならぬのか?」

水鳴は、水蓉から漂ってくる情交の残り香に戸惑った表情を浮かべ、力無く頭を振った。

「まろは……姉様達のようなこと、したくないもの」

「あれ、困ったことじゃ。もう十四にもなろうというのに……。世間の姫ならとうに婿《むこ》どのと床入りしている年頃であろう?」

「まろは婿などいらぬ、このままでよいのじゃ」

「いらぬも何も……お主はとうに龍水の女房ではないか。奇怪《おかし》な我《わ》が儘《まま》を言わずに、そろそろ共に床入りをせねばな……。龍水とてそれを望んでおろうに」

水蓉は子供に諭《さと》すように優しい口調で言う。だが、水鳴は大きな瞳を真っ直ぐ義姉に向けた。子鹿を思わせるような愛らしい瞳だが、その奥に何とも強情な光を湛えている。

「だって龍水は、まろがその気になるまではあのようなことはせずともよいと言ったもの」

「それはお主を気遣って言うたことよ。お主、龍水が嫌いなのか？」

「そんなことはないぞ、龍水のことは大好きじゃ」

「ならばそろそろ……。あまり焦らすと龍水に嫌われるぞ」

「そんなぁ！」


このやりとりを苦笑混じりに聞いていた法眼は、陰陽師装束に着替えて縁側へ出た。

「水蓉、そう無理強いするな。おれは今宵も呪に取りかからねば」

水鳴はそれを聞くと、満面の笑顔ではしゃいだ。

「ほら、龍水がこう言っておる！　だからよいのじゃ」

水蓉は長い溜息を吐き、龍水をじっ、と睨んだ。

水見が蚊帳から顔を覗かせて笑っている。

「水鳴、金細工師にこれを造らせてみた。試すといい」

そう言って法眼は水鳴の手に奇妙な物体を握らせた。瑠璃玉《るりだま》が二つ、金紐《かねひも》で結ばれたものだ。

「これは何じゃ?」

「瑠璃の磨き方を工夫したものだ。目が霞んで小さな文字が見えぬと言ってたろう。それを通せば物がくっきり見える」

水鳴は早速、瑠璃玉を目の前に翳《かざ》した。金紐が鼻を挟むように造られている為、手を放しても眼鏡《めがね》がずり落ちない。試しに本を開いて見た。

「本当じゃ、これはずっと見やすいぞ。有り難う、龍水!」

言うが早いか、水鳴は法眼の腰の辺りに抱きついた。

「そうじゃ、龍水の書棚の経本《きょうほん》、これなら読める、読んでもいいじゃろう?」

水鳴は脱兎《だっと》の如く、書物蔵へ駆け出して行く。

「やれ……この娘は何も分かっておらぬ」

水蓉が呆れ顔で呟いた。

法眼は短い吐息をつくと、金銀妖瞳を夜の深い静寂に向けた。赤く輝く左目は、怪異を見る力を持っていた。

布が十八枚足らぬようだな……

懐から紙人形を三つ取り出し、ふっと息をかける。

「倉の麻布を取り、銀杏につけてこい。この時刻では、鳶天狗共も邪魔出来まい」

紙人形は、それぞれ小さな童子姿となり、宙に飛翔していく。

それを見送り、法眼は祈禱所《きとうじょ》へ向かった。

其処には忌竹を渡した結界が結ばれている。法眼は七つの神鏡のおさまった神棚の前に正座した。

神棚に、五芒星《ごぼうせい》を描いた符が置かれている。

五芒星は安倍晴明《あべのせいめい》がよく用いたところから安倍家の紋所《もんどころ》となり、『桔梗《ききょう》紋』などと呼ばれているが、『五行相剋《ごぎょうそうこく》の印』が本来の正式名である。

五行——即ち、『木《もっ》、火《か》、土《ど》、金《ごん》、水《すい》』という万物を構成する五元素には、それぞれ互いを助け合う関係と損なう関係が存在する。それは自然の理なのだ。

陰陽道を聞きかじった人間は、五行相生関係ばかりを良いものと考える。だが、必ずしもそうではない。相剋関係が共にあってこそ、森羅万象《しんらばんしょう》の秩序が保たれるのだ。

これより法眼が施そうというのは『五行相剋の呪』であった。もし逆に『五行相生の呪』を行ないたい場合は、五芒星の符ではなく、五角形の符を用いることとなる。

法眼は右掌を地に向けた。親指と小指を伸ばし、中指を大きく曲げ、人差し指、薬指を緩《ゆる》く曲げる。

さらに左掌は天に向け、親指と人差し指を伸ばし、中指を大きく曲げ、薬指と小指を緩やかに曲げる。

両手の平を脇から徐々に被《かぶ》さるように近づけてゆき、結印《けついん》が完成する。

法眼は朗々と最初の密呪を歌い上げた。

五形《いつかた》の　相剋事《せめころしわざ》　つかさどり、
司神《つかさかみ》知る　五形司神《いつかたつかさのかみ》

次に結印を変える。上下に被せるようにしていた掌を複雑に交差させた。

左の薬指を右の中指の下に、人差し指を薬指の上に置き、右の人差し指でその先端を押さえる。

左の小指は右の中指と組ませ、十字型をつくる。

右の薬指、小指を左の人差し指、中指の上に置き、小指は人差し指につける。

そして最後に右の薬指を左の親指につければ、結印の完成である。

印を結ぶ法眼の仕草《しぐさ》は、舞いの如《ごと》くに優雅であった。
ぎこちなく醜いものを神は嫌う。結印の所作、密呪の巧みさは、呪全体の効力に影響するのだ。

水火《みずほ》に消し　火《ほ》は金　金は木《こ》
木は地《ひち》や地水《ひちみ》を剋し　世こそ治まれ……

4

三人の太夫は白拍子《しらびようし》装束《しようぞく》を纏《まと》い、法眼の背後に控えていた。呪を施す法眼の美声に、各々集ってきたのである。

水見の前に、水を張った桶《おけ》がひとつ。

水見は涼やかな瞳で水鏡を覗き込んでいた。彼女は次元や空間を越え、あらゆる場所を透視する能力を持っている。

「何を映しておる?」

水蓉が囁いた。

「九条兼実どの……。先程、龍水が彼の噂をしておりましたので、戯《たわむ》れに」

「様子はどうじゃ」

水見は口元の笑いを袂《たもと》で隠し、水蓉に目配せをした。

「また愚痴をつらつらと書き連ねてございますわ」

「どれ、まろにも見せよ」

この会話を聞いた水鳴が、「まろにも読み聞かせて」と水蓉にねだる。

水蓉は興味深げに鏡を覗き込んだ。達者な文字で書かれた日記が映っている。

「なになに……『今の鎌倉どのの窮地は、結局、わたしを裏切り、流罪《るざい》にまでさせかけたことの天罰であろう。それにしても、鎌倉どのの器量も衰えたものだ。あの悋気《りんき》潑剌《はつらつ》たる天皇様なれば、御親権を望まれ、天上の君になられることは目に見えていたものを。通親の娘に男児が生まれた時点で先の展開が見抜けなかったとは……。

わたしという者を放逐《ほうちく》して、どうして京と鎌倉の関係が保たれよう。事実、鎌倉どのは通親の言いなりになるしかないではないか。ああ、返す返すも口惜《くちお》しいのは通親のこと。このまま通親が右大臣になれば、朝廷も鎌倉もいよいよあの策士めの思い通りになる一方、あな悔し』」

「相も変わらず女々しい男じゃ」

水鳴は、ふん、と鼻を鳴らした。

「詮無《せんな》い愚痴《ぐち》じゃが、当たってはおるわいなぁ。九条兼実どのの放逐に頼朝が加担したのも、『京とのパイプには一条《いちじょう》家がある』と踏んでおったからじゃ。ところが、頼みの綱の一条能保《よしやす》どのも、息子の高能《たかよし》どのも相次いで病死した訳じゃからな」

一条家とは藤原北家《ほっけ》、五摂家の一つ。一条能保は権中《ごんちゅう》納言《なごん》従二位まで登った血筋正しき公家で、頼朝の異母妹の夫という立場であった。

無論、頼朝としては朝廷との交渉役を一条家に任せたかった。

頼朝の胸中には、朝廷に対する思慕の情と、それに捨てられた悔しさがある。頼朝自身が朝廷に返り咲くという訳にはいかぬだろうが、義弟一家がそうなれば万々歳というところだった。

しかし、そうは問屋《とんや》がおろさないのが世の常だ。

策士・通親を筆頭に、朝廷内部にもその周辺にも、鎌倉内部にも、そうされては困る事情の持ち主が数多く犇《ひし》めいていたのである。

一条親子は毒殺されたと噂されていた。真犯人は不明だが、幾つかの勢力が共謀し、また幾つかの勢力が見殺しにしたということだ。

――そうした現状では、朝廷と鎌倉に正常な関係が保たれる筈《はず》もない。誰もが互いの足を引っ張りあっているのだから、交渉事が上手く進む道理もない次第であった。


「まこと、世間には狐狸《こり》が多うございます」

水見がしんなりと呟いた。

水鳴はしたり顔で二人の会話を聞いていたが、不意に、

「三善《みよし》の心中はどうなのじゃ」

と警戒めいた口調で呟いた。

水蓉と水見はその言葉に、顔を見合わせる。

「三善康信《やすのぶ》か……あれも食えぬ男じゃな」

水蓉が溜息まじりに漏らした。

三善康信は、鎌倉幕府問注所の執事《しつじ》。すなわち裁判官の地位にある。

当時の裁判内容の大方は武士の利権に深く関わる土地争いの采配であったため、当然、その権威は今の裁判所が及ぶようなものではなかった。

頼朝はこの男を深く頼りにしていた。というのも、三善の母の姉が頼朝の乳母であった為、彼は頼朝の流人時代に、京の情報を頼朝に伝える役目をしていたからだ。そして、幕府成立に至る構想を采配した一人が、三善なのである。

どだい、無骨な東《あずま》武士が集っただけで、幕府ができる筈もない。

頼朝は、京から親幕派の官僚達《かんりよう》――大江広元《おおえのひろもと》、中原親能《なかはらちかよし》、三善康信、二階堂行政《にかいどうゆきまさ》――を呼び寄せ、『幕府というシステム』を構築させたのである。

無論、京都の官僚でありながら親幕派となるような男達には事情がある。

三善は、明法《みょうぼう》（律法）と算道《さんどう》（土地の計測や徴税の計算が主）の学問で朝廷に仕えていた中流公家一族の出身だ。だが、頼朝の乳母筋ということで、彼の京での待遇は思わしくなかった。

それでも、三善は長く都に根を張ってきた一族であるから、京とのパイプは独自のものを持っている。

「頼朝と兼実《かねざね》の繫《つな》ぎも、三善の取り持ちであったと言うぞ。つまり、三善は恥をかかされた訳じゃろう？　あやつが何を企んでおるか、知りたくないのか、姉様」

水鳴は興奮気味に水見に言い寄った。

水見は戸惑った表情を浮かべている。

「どうした姉様、なにを愚図《ぐず》っておるのじゃ？」

水鳴が不思議そうに訊《たず》ねると、水蓉が強い調子でたしなめた。

「当たり前じゃ……。三善一族といえば、安倍・賀茂の両宗家以前から『陰陽道に長《た》けた一族』として有名なのじゃぞ。下手にちょっかいをかけて火傷《やけど》したらどうする」

「もともと三善は百済《くだら》・漢《かん》からの帰化一族。陰陽道を嗜《たしな》んでもおろうが、構うものか」

水鳴は乱暴に言った。

水見は上品な口調で、

「三善清行《きよゆき》なる者は、五条天神近くの化け物邸《やしき》を買い取り、物《もの》の怪《け》退治をしたと聞く。また、その清行が死した時、息子の浄蔵がこれを生き返らせたとも言う。清行が死の国から戻ってきた場所……それがすなわち一条大橋『戻橋《もどりばし》』の所以《ゆえん》。斯様《かよう》な者共に手出しするものではありませんぬ。第一、このような時間には寝ておろうに」

「姉様、陰謀は白昼堂々とするものではないわ。このような、人が『まさか』という時にするものじゃ。それに京の人間は夜動くが相場……。そんなに心配顔をせずとも、陰陽道の技も、所詮《しょせん》安倍と賀茂にしてやられた程度であろう。姉様達が怖いなら、まろが見てやろう」

そう言うと、水鳴は灯台《とうだい》に停まっていた一匹の蛾《が》に三善を探すように命じた。彼女は虫と心を一体に出来る。

やがて少しずつ、蛾の見ているものが水鳴の脳裏に浮かび上がってきた。蛾の目には、夜の闇も昼のごとく明るい。


川が流れている、滑川《なめかわ》である。

橋が架かっている、明石橋《あかしばし》だ。

その南側の山陰に、蛾は向かっていった。

六浦辻《むつらのつじ》が見えてくる。金沢《かなざわ》に通じ、鎌倉の貿易を担う要道だ。

其処に、百四十坪《つぼ》もの豪邸が建っていた。

牛車が三台、庭内に停まっている。

小鬼達が邸の周りを取り囲んでいる。だが中には入れぬらしい。

(ぢかづけぬ、こよいはぢかづけぬ)

囁き声がさざ波のように響いていた。


「これは大江広元の邸じゃ……三善は大江のところか……牛車の数からすると、三善だけではないな……」

水鳴の呟きに二人の太夫は顔を見合わせた。

「水鳴の予想通り、密議という訳か」

「水鳴、無理をするなよ」

蛾は燐粉《りんぷん》をまき散らしながら、明るい場所を目指して館の中を彷徨《さまよ》い、ようやく灯りの入った灯台に着地した。

四人の男が、ひそひそと囁き合っている。

水鳴は一人一人を注意深く観察した。

最初に甲高い声を上げたのは薄化粧のなよやかな男だった。四人の中では一番若い。下膨《しもぶく》れの輪郭に、糸のような瞳、おちょぼ口。この時代風のなかなかな美男子である。

「二階堂じゃ……」

水鳴が呟いた。

二階堂行政は、藤原南家《なんけ》の末裔《まつえい》、工藤《くどう》家の出身だ。鎌倉二階堂に住んでいるので、初代二階堂を名乗っている。

彼の母は熱田大宮司《あつただいぐうじ》・藤原季範《すえのり》の妹――頼朝の母の叔母にあたる女性だ。そうした縁で鎌倉に来たものの、二階堂はやはり藤原との関係が強い。

現在の二階堂は、政所《まんどころ》（一般政務所）に君臨《くんりん》している。

元は京都の官僚で、木工助役（社寺修造の材木、その他材料の手配と記録）をしていた。その経験を買われて、鎌倉での主要な建造物の構築は彼《二階堂》の采配の下に置かれている。

彼は、自ら刀造りもすれば絵も描くという色男だったが、性格はというと優柔不断気味だ。

「兼実どの失脚における噂話の吹聴《ふいちょう》には、梶原景時《かげとき》どのが嚙んでいたらしいが……。恐ろしやのう、今に我らも何を言われるか……。のう三善どの、お手前はどう思われる?」

二階堂は微笑しつつ、軽い口調で伺いをたてた。

「さてのう……」

三善康信は溜息まじりに投頭巾《なげずきん》を脱ぎ、禿げ上がった頭を撫でた。

上下が異様に短い皺だらけの顔、前に飛び出した額、これまた瞼の厚い異様に巨大な目を、ぎろりと二階堂に向ける。その容姿、半ば異形者の感すらある。

算道と明法の究極に到達せんとする激しい求道《ぐどう》の途中から、少しずつ三善の容姿はこのように変貌《へんぼう》していった。もはや理論の物の怪だ。単なる物の怪とはまったく異質な妖気を全身から発している。

「大殿は我らの才能を高く買っておられる。また学者は権力に慾なきものとよくご存じじゃ」

三善はそう無難に答え、鋭い目で辺りを見渡した。梶原景時配下の密偵が床下に潜んでいるのでは、と耳を欹《そばだ》てる。

「狸《たぬき》ジジイめ、よく言いよる……。自分の感情をおくびにも出しよらん」

水鳴が舌打ちをした。

二階堂はムキになった様子で、

「し、しかしですな、大殿が初めて上洛《じょうらく》され、鎌倉に幕府を開くに十分な右大臣の位を後白河院より下されて祝杯を上げた夜、突然、火が小町《こまち》通りより発し、北条義時《よしとき》、比企能員《ひきよしかず》、佐々木盛綱《ささきもりつな》どのの邸を経て八幡宮《はちまんぐう》まで焼いてしまった事……。あれもやはり梶原景時と鎌倉党の仕業との噂、耳にしましたぞ」

「まあまあ、二階堂どの……何故、景時殿がそのような事をせねばならぬのです。この鎌倉には『故《ゆえ》なき風（噂話）』がよくに起こります。本気でお信じ召されるな」

山羊《やぎ》のような顎髭《あごひげ》を撫でながら二階堂を戒めたのは邸の主、大江広元。彼は二階堂と共に政所を司《つかさど》っている。幕府の根幹を握る大物中の大物だ。

学者らしい筋ばった四角い顔、それにしては鋭い眼——明法博士、左衛門大尉《さえもんだいじょう》、検非違使《けびいし》などを経た経歴が生み出した顔だ。

彼は京では中堅どころの管理職であった。また、彼の分家からも頼朝の乳母が出ていた。

京では出世がままならぬこと、自らの才を存分に発揮する場を求めていたこと、それらが大江を鎌倉に向かわせた理由であった。

「あれは落雷が原因でござろう。見た者がおり申す」

三善が断言した。三善には事件の全容が分かっていたのだが、敢《あ》えて素知らぬ顔を通す。

「元がそうであっても、ああも燃え広がったのが奇妙じゃということよ」

二階堂は首を捻《ひね》って不思議そうに言った。

「いえ、南からの風が強かっただけのことでしょうぞ」

三善が語調を強めた。


つまらぬことを、このような場で持ち出すとは……

二階堂どのは軽率な所があって困る。話題の矛先《ほこさき》を変えねばのう

三善は、顔の両側に大きく張り出した尖《とが》った耳を立て、床下に意識を集中する。彼は、密偵の微《かす》かな息継ぎを聞き逃さなかった。


雑色《ぞうしき》か……

この息づかいは、鶴次郎《つるじろう》めじゃな……

鶴次郎は、里長《さとなが》という者と共に頼朝に付いている有能な密偵であった。無論、密偵達を束ねている主は梶原景時だ。

「おのおのがた、今はそのようなことを問題にしているのではございませぬぞ――。近頃、政事への気配りが滞りがちな大殿をいかに説得申し上げるかを相談しておるのでございましょう」

上手いタイミングでそう口を挟んだのは、大江の義兄・中原親能だった。

丸顔で温厚そうな顔立ち。家柄のいい坊ちゃんがそのまま年を取ったという感がある。

中原家と大江家とは同じ明法博士の家系で縁故《えんこ》があり、大江の母の再婚相手が中原の父であった。そういう縁で彼は鎌倉に来た。

今は彼の妻が頼朝の次女・三幡の乳母《うば》兼教育係をしている。

「ああ、これは済まぬ、そうでしたな」

二階堂があっさりそう言った。中原の穏やかな声に毒気を抜かれたのだろう。

「まずは放生会《ほうじょうえ》を無事やり遂げることですな。祭りで武士の不満も少しは晴れましょう」

「その後、御家人達を召集し、意見を纏《まと》めることでしょうな」

「いきなり会議は……一寸。好き勝手に意見を出されては場が収拾できなくなり申す」

「そうですな、放生会の労《ねぎら》いという格好で、先に戸別《こべつ》訪問する方が良い」

「そうそう、会議は我らの脚本通りに進めねばのう」

「これ、二階堂どの」

「労いに回る際、政子どのにご同行頂ければ、なお良いな」

「それは良い、乳母筋からご提案を。中原どの、頼みます」

「あい分かった」

「会議の準備には半月程かかりましょうな」

「我らが一丸となってご忠告申し上げれば、大殿とて耳をお貸しになるはず」

「鎌倉をこのままにはしておけまい……。もっと盤石《ばんじやく》な地盤を造らねば……」

「成程のう、『京下りの仲良し組』が、頼朝を諫《いさ》め、東武士共の覇権争いをいかにまとめるか……いかに自分達の有能ぶりを武士共に知らしめるか……。官僚臭い謀り事じゃ」

水鳴が毒づいた。

その時である。三善康信の眼がぎらりと光り、電光石火の早業《はやわざ》で扇子を飛ばした。それは見事に蛾の体に命中した。

「あっ……」

瞬間、水鳴もまた心臓に衝撃を受け、気を失ってしまった。

……太夫達の介抱と法眼の呪によって水鳴が眼を覚ましたのは、昼過ぎであった。

5

葉月《はづき》（旧暦）初日。

放生会《ほうじょうえ》の期に至って、鎌倉中に殺生禁断《せっしょうきんだん》が申し渡された。

放生会とは、仏教の殺生戒《かい》に基づいた一大行事だ。生ける物の命を尊《とうと》んで、半月間に亘り殺傷行為が禁じられ、盆の日には魚や鳥を放つ儀式が行なわれる。

無論、堅苦しい行事ばかりではない。各地に所領を持つ御家人達も一同に集い、由比ヶ浜と鶴岡八幡宮《つるがおかはちまんぐう》で行なわれる射芸行事に参加せんと、それぞれ腕に磨きをかける。

豪華な引き出物が宮に奉納《ほうのう》され、同時に市にも珍しい織物や野菜が並んだ。

町全体に、晴れがましい緊張感が漂っていた。


北条政子は神事の間、大倉御所《おおくらごしょ》を離れ、父・時政《ときまさ》の邸に身を寄せている。

最愛の長女・大姫を失ってから一年が経ち、先頃一周忌を終えたばかり。政子は憂鬱だった。

彼女は十三歳になる次女・三幡を邸に呼んだ。

乳母の中原の妻に連れられて三幡が来ると、その髪を撫でつつ、政子は重い溜息を漏らした。

「お母様、大丈夫？」

三幡は大きな瞳で政子を見上げた。小柄なこの娘は、一見するとまだ十歳ほどに幼く見える。

「えっ、ええ」

政子は弾かれたように作り笑顔を浮かべた。

「今度、由比ヶ浜で御家人達の射芸があるのでしょう？ 侍女達が申すには、私の結婚相手もその中にいるんじゃないかって。そうなのかしら、お母様」

政子は少し驚いて、

「急いで決めなくてもいいのよ」

と短く答える。三幡はじっと強い視線で政子を見つめている。

政子は内心、激しく動揺した。何故なら、彼女が数日来悩み続けていた事こそが、まさしくこの娘の結婚問題であったからだ。


『大姫が駄目でも三幡がいる』

頼朝は、大姫の一周忌の席で、そう呟いたのである。

政子は思わず耳を疑った。この男は何を言っているのだろう、天皇家への入内《じゅだい》をあれほど嫌がり、死を以《もっ》てまで抵抗した愛娘《まなむすめ》の霊前で、何を言っているのだろう……。頼朝は、我が子を政略結婚の道具としてしか、見ていないのだ。

衝撃だった。長年連れ添ってきた夫が、見知らぬ化け物のように思われた。

知らず知らず、表情を強張《こわば》らせた政子の頬を、三幡のあどけない指がそっと撫でた。

中原の妻は体を前に乗りだし、政子に耳打ちをする。

「この上、三幡様の入内を急がれるのは危険だと、夫が申しておりました」

「危険とは?」

「はい、夫が申すに、『昨年、大姫様を入内させようとした時には、領地の件などで随分と朝廷に譲歩を余儀《よぎ》なくされた。後鳥羽院の譲位の件でも、結局は入内問題を盾に押し切られた形になった……。それで、鎌倉の御家人達は、大殿があの清盛《きよもり》様のようになるのではと疑いを持っている』ということですわ。

無論、大殿様が源家の貴種血筋に拘《こだわ》られるのは大事でしょうが、今は鎌倉の基盤をしっかりと固めなければ……」

政子は顔を曇らせた。

「さもありなん……中原どのの仰《おつしや》ることは正論です。御家人達の結束なくして、この鎌倉は立ち行きませぬ。……それにしても、最近の御殿《おんとの》はどうにも様子がおかしいのです。もう、私にはどうこう出来ぬかも……」

珍しく気弱に呟いた政子に、中原の妻は凜《りん》とした声で、

「政子様、お辛いでしょうが、ここが踏ん張り所でございますよ。あなた様は大殿様の御正室。あなた様以外、誰が大殿様の手綱を握れるというのです。

夫が申しておりました……。大江、三善、二階堂様方らと申し合わせ、御家人の不満処理に当たります。その折には政子様も出来るだけご同行を願いたいと。また、意見が纏まり次第、会議を開いて頂きたいとのことでございます。それから……会議の席で博士達が大殿に多少、耳の痛いことを申し上げましても、鷹揚《おうよう》に頷《うなず》いていて頂きたいと……」

当時、乳母や妻達のこうしたやりとりは、巨大なネットワークとして政治の裏でさまざまな役割を演じていた。

何を隠そう、頼朝が旗揚げした時の劣勢な状態から、次々に大豪族が仲間入りして、短期間で勢力を整えていった流れの裏には、京側にいた頼朝の乳母達や後白河の姉・上西門院《じょうさいもんいん》に仕えていた頼朝の母筋、熱田神宮の姉妹らの力があった。

彼女らを通じて、頼朝は京側の公家や朝廷から様々な情報や支援を得たのだ。

さて、またも頼朝と勝負だ……、と政子は思った。

「分かりました。この私が会議でのことは約束申し上げます」

政子が、きっと返事をした時である。

鼻にかかった高笑いと共に、引き戸がカラリと開き、義母の範子《のりこ》こと通称「牧の方《まきのかた》」が現われた。

彼女は平頼盛の家臣・駿河国大岡牧《するがのくにおおおかのまき》の下級荘官の娘であるが、時政がその美貌に魅《み》せられて後妻に迎えた経緯があった。

虚栄心が滅法強く、京女もどきを気取って家事一つしないこの女性の事を、政子は内心で「蛭《ひる》虫《むし》」と蔑《さげす》んでいる。自分と同じ年の彼女を「母」と呼ばねばならない政子の心中は穏やかでなかった。

「何ですか、突然。立ち聞きでもしていらしたのですか！」

「まぁいやですわ、怖いお顔ですこと」

範子が嫌味ったらしくそう言って、政子の肩を扇子で軽く叩いた。

三幡はきっ、と範子を睨むと、庭へ駆け出して行く。中原の妻もそれを追うように去った。

政子は「何か御用ですか」と、うんざりした声で訊ねた。

「御用も何も……此処《ここ》は、わたくしと時政どのの家ですもの、どこを歩いていてもいいじゃありませんか。それよりも政子さん、そんな風に白粉《おしろい》も薄く、紅も地味なものばかりをお使いになって……。あなた、老《ふ》けて見えますわよ。男子は女子がいつも美しくあることを喜ぶもの。そのようなりをしていては本当に大殿に嫌われてしまいましょうに」

範子は真っ赤な紅を引いた唇を綻《ほころ》ばせて笑った。

思い当たることがあるだけに、政子は憤《いきどお》りのあまり言葉に詰まった。

全く、腹立たしい女だ……！

傍目《はため》から見ると、範子は政子よりずっと小柄で若く見える。華美を好む範子の装いも、政子には面白くない。

政子は、異常な程の倹約家で蓄財に眼の色を変えていた父・時政から、「武士の娘は質素であるべし」と教えられて育ち、ろくなお洒落《しゃれ》もしたことがなかった。なのにその時政が選んだ範子ときたら、政子の目には不埒《ふらち》な娼婦の如くにしか見えぬような女なのだ。いつも麝香《じゃこう》臭い匂いをぷんぷん漂わせている。

「東女《あずま》は普段は質素倹約し、いざというとき夫の為に蓄えを使う用意を怠《おこた》らぬのが信条です」

政子が強い口調で言うと、範子は、薄紫を効かせ色にした表着《うわぎ》から、紅梅の袖を覗かせて口元を覆い、意地悪く微笑した。

「政子さん、ご存じでして……。大倉雀の噂では、殺生禁断のこと、頼家《よりいえ》どののお耳には未だ届いていらっしゃらぬご様子とか」

政子の長子・頼家の悪評は、口さがない者達にとって格好の餌食《えじき》だ。政子は、範子の態度に対する嫌悪感と、頼家に対する怒りとで、わなわなと震えた。

頼家が乱心し、比企の邸で暴力をふるったり、裸で蹴鞠に興じたりと、およそ次期将軍らしからぬ振る舞いをしている噂は、政子の耳にも届いていた。今回も、もしや殺生禁断の令を破るのではあるまいか、と懸念を抱いていたところである。

政子は落胆と憤懣《ふんまん》の溜息をついた。

「範子、範子は何処《どこ》じゃ」

庭先から、時政のだらしない声が聞こえてきた。

「此処ですわ」

範子は黒々とした垂髪《たれがみ》を掻き上げ、時政を呼ぶ。

時政は、部屋に上がり込んで、

「おお、政子。範子とはうまくやっておるようじゃな。放生会が終わるまで、久しぶりの親子水入らずじゃ、ゆっくりしていくといい」

と、険悪な雰囲気には一向気付かぬ様子で笑った。

その毛むくじゃらの腕が範子の腰に回されている。

政子は自分と同じ年の後妻に対する父の振る舞いを見ると、まるで自分の体が汚《けが》されているような気がして、何とも言えぬ嫌悪感を覚える。

父上の色狂い！

何が「親子水入らず」じゃ、そこに邪魔な女がいるではないか！

時政は、つやつやと血色のよい頬を、範子に絹布で拭《ふ》かれて上機嫌であった。

有力豪族の娘を次々と妻にしては孕《はら》ませ、それによって成り上がってきた男である。女を蓄財の道具としてどう使うかしか考えていない。政子の母もそのように扱われた。ところが、最後に手を出したのが範子である。

腹立たしいというか、呆《あき》れ返るというか、父への思いは言葉にならない。今もまた政子を除いて八人もいる娘を、豪族や公家に嫁入りさせ、さらなる権力への渇望を露《あら》わにしている。


いい年をして、いつまで引退なさらぬ気だろう?

わが弟・義時《よしとき》も油が乗り切っておるのに、家督《かとく》を譲ってやろうとは思わぬのだろうか?

なにやらこの父は、あと何百年でも生きていそうじゃ!

政子は眉《まゆ》をきりりと吊り上げた。

「父上、義母上が見つかったのですから、御用はお済みでしょう。義母上の御用もお済みのようですから、私はこれで失礼させて頂きます」

政子が張袴《はりばかま》を翻して部屋を去る。

それと入れ替わるように、部屋に数匹の小鬼が入って来た。

(ややで、ごのやじぎにアノをんなが、くるどわ)

(ごしょではナカマが焼カデたそうな)

(くわばだ、くわばだ)

(ぎぎ……)

(ごやつらはわでらのざんげんどおりに)

(ぎぎ……ようきぐやづらじゃ)

(ぎぎ……)


政子が出ていくと、時政は徐《おもむろ》に咳払《せきばら》いをして、

「何を怒っておるのだか、全く昔から勘気な娘じゃ。それに比べて範子は愛らしいのう」

と、範子を抱き締めた。

「まあ、お上手を。それより、お祭りの時に着る衣装のことなんですけれど……」

範子が甘い声で囁く。

「京で誂《あつら》えさせた衣装が明日にも届こう。約束通り、瑪瑙《めのう》の数珠《じゅず》も一緒に頼んでおいたぞ」

時政は目尻を下げて答えた。

「嬉しいわぁ。ねえ、私のこと愛してらっしゃいますわよねぇ」

「勿論だとも」

「実は、娘婿の平賀朝雅《ひらがともまさ》どのの事なんですけれど、ご存知でして？」

「何かあったのか？」

「恐れ多くも平賀どのは武蔵国守《むさしのくにのかみ》、その有能ぶりを京でも高く評価されているお方……。ところが、武蔵豪族・畠山重保《はたけやましげやす》どのが京の要求をなかなか聞かぬので、平賀どのは恥をかかされているのですわ……可哀想に……酷いと思いませぬか」

時政と範子の間に生まれた女児は、平賀家、三条家、宇都宮《うつのみや》家、大岡《おおおか》家などいずれも京都に縁深い家に嫁いでいる。この娘達とのネットワークこそが、範子の情報源であり、政治的武器であった。

「畠山か……東国に根を張る豪族ゆえに娘を一人嫁がせたが、どうにも強情で面倒な奴め。じゃが、大殿も高く買っておられるし、下手な口出しが出来ぬなぁ。……しかしながら、他の御家人達からは嫉妬されておるし……。平賀はわしらと京都を繋ぐ重要なパイプじゃからのう。ここは上手く根回しをしてやろうか……」

時政が呻吟《しんぎん》する表情を、範子はそっと窺い見て口の端で笑った。

6

盆の日は、空が抜けんばかりの晴天であった。

鎌倉の中心・鶴岡八幡宮で放生会《ほうじょうえ》が催されている。

境内は貴賤入り交じった人いきれで熱気に溢《あふ》れ、湯気《ゆげ》立っていた。塀際にはずらりと市も立っている。

祭りの初めは、神輿《みこし》が本宮より鳥居の側まで渡っての神幸《みゆき》である。

次に頼朝が車を下り、赤橋《あかばし》から若宮《わかみや》と本宮《もとみや》に参った。

この間、境内は水を打ったように静かであった。

続いて、池に魚や鳥が放たれる。「わっ」と声をあげて、子供達や女達が池に駆け寄った。

しかし何と言っても一番の人気は、午後から馬場で行なわれる、馬長《うまおさ》、競馬、流鏑馬《やぶさめ》などの勇壮な行事である。

期待に満ちた目が馬場に集りつつあった。

村上兵衛《むらかみひょうえ》は、足軽《あしがる》仲間の渡辺智久《わたなべともひさ》と共にこれを見物にやって来た。

八幡宮の入口に立つ巨大な銀杏《いちょう》は、緑と黄色の段だら模様を描いている。その樹下には落ちた銀杏《ぎんなん》を拾う女達が押し合いへし合い騒いでいる。

普段は『ご神木』ということで、八幡宮の庭番が見張っている大銀杏だが、今日ばかりは無礼講というのだろう。

「俺もひとつ貰っておこう、徳があるそうだぞ」

智久は大きな手で一摑みの銀杏を拾い、懐に入れた。つんと青臭い匂いがする。

「それにしても、すごい人出だ」

「どうする兵衛、これでは桟敷《さじき》に座れぬぞ」

「仕方もあるまい」

「馬場近くの銀杏に登って見るというのは、どうだ」

「おお、それは妙案！」

二人はやなぎ原の大銀杏によじ登った。

「これはいいぞ、特等席だ」

「見ろ、流鏑馬が始まるぞ！」

流鏑馬とは、馬を走らせながら、雁股《かりまた》をつけた鏑矢《かぶらや》で三つの的を順次射る射技である。古くは『矢馳《やば》せ馬《め》』と言われていた。

古来より、祭礼、神事とも深く結び付いたもので、城南寺《じょうなんじ》祭や新日吉《ひえ》社の五月会《さつきえ》でも恒例化して奉納《ほうのう》されている。

当時、京洛《きょうらく》の武者たちの間でも、盛んに行なわれていた神事であった。

一〇九六年（永長《えいちょう》元年）四月、白河上皇臨席のもと鳥羽殿の馬場で、同年五月には高陽院《かやのいん》で、壮麗に開催された記録がある。

鎌倉では、頼朝の奨励と法式の統一化という目的から、これが盛んになった。

本来、神式の行事である流鏑馬を『法式』として取り入れた頼朝の感覚には不可解な面もあるが、鎌倉を仏都にしようという考えが偲《しの》ばれる。


馬場の長さは約二町《ちょう》（二百メートル強）。

そこに、的串《まとぐし》に刺した檜《ひのき》板の的を持った役人が立つのである。的は馬の出発点から二十間《けん》（約三十六メートル）、四十間、同じく六十間の間隔で三本あった。


「おい兵衛、的持ち役の一件で揉《も》めていたのを知っているか？」

「いや、知らぬが」

「小山三郎《おやまさぶろう》どのが、『的役は、射手より地位が低い』とごねて的立の役を拒否したらしいのだ。だが、噂によると本当は矢が誤って飛んでこぬかが怖かったというぞ」

智久は恰幅のいい身体を揺らして笑った。

兵衛は眉を顰め、

「武士が矢を怖がっていてはどうにもなるまいよ」

「本当にのう。しかしほれ、『鎌倉には嫌な風が吹く』という噂もあるだろうが。小山どのも流鏑馬に乗じて殺されるのではないかと、疑心暗鬼になっていたらしい」

「ううむ、何やら嫌な話だな」

兵衛が呟いた時である。

歓声がどよめき、馬場に射的役の九名が順次、姿を現わした。


先頭は栗毛馬に跨《また》がった畠山重忠《しげただ》。三十代半ばで、がっしりと体格が良く、まさに勇壮そのものの、威風堂々といった感がある。

水干《すいかん》に射籠手《いごて》、手袋、行縢《むかばき》、物射沓《ものいぐつ》を着し、烏帽子《えぼし》の上に綾藺笠《あやいがさ》を被っている。

太刀《たち》、腰刀《こしがたな》を帯し、背負った箙《えびら》から白い矢羽《やばね》が覗いていた。

「なんと立派なお姿！　武芸に秀でているばかりか、重厚にして高潔なお人柄と聞くぞ」

「うむ。畠山どのは東武士の鑑《かがみ》だ」

兵衛が憧憬《しょうけい》の溜息を吐いた。

「それに加えて音楽の才もあられるというぞ。静《しずか》どのが義経《よしつね》様を慕う白拍子《しらびょうし》舞を踊った時、銅《と》拍子を打ったのも、畠山どのであったとか」

「なんとも凄い。……俺は常々不思議なのだが、何故そのような御方が、これといった役職にお就きでないのだろう」

「兵衛……お主、本当に世間を知らぬなあ。まあ事情は色々あるのよ。だが、畠山どのはそうした采配にも一切不満を漏らさず、傲《おご》りのない御方だということよ」

「……そういうものか」

続いて、いずれ劣らぬ精悍な若武者達が颯爽《さっそう》と登場した。

「三浦様、安達《あだち》様達のご家来だ、さぞや弓自慢なのだろうなぁ……俺はわくわくしてきたぞ」

「年々、参加する馬が増えていくので、賑《にぎ》やかでよい」

「今年はなんと、和田《わだ》様がご自身でお出になるそうだぞ」

「和田様ご自身がか！」

「『齢《よわい》五十を越えたが、まだまだ腕は衰えておらぬ』と、こう申されたそうな。何とも豪快な和田様らしいと思わんか、兵衛」

「うむ、我らが主・戸川《とがわ》様がお仕えしている御方だ。これは和田様に是非勝って頂かなくてはな。いつか、戸川様が馬を出してくれたなら、我らにもあのような栄誉が回ってくるだろうか」

兵衛は、若武者達をうっとりと眺めた。

「戸川様か……そりゃあ何時《いつ》になるか分からぬなぁ。なにしろ馬具や装束で威勢を競わねばならぬから、並大抵の出費ではないそうな。それより、和田様が出るとは楽しみだろう？　なにしろ弓馬が得意中の得意、凄かろうよ」

「それはそうだが……やはり俺達にお鉢《はち》は回ってこんのか……」

兵衛は腕組みをしてふと頭上を見上げた。葉の間から覗く梢《こずえ》の先で、風にひらひらと棚引《たなび》いているモノがある。


おや、何かな……？


その時、馬場に一際大きな歓声が湧き上がった。

和田義盛《よしもり》が、他の者とは異なる豪華絢爛《ごうかけんらん》な装束で登場した為である。

色々縅《いろいろおどし》の派手な胴丸《どうまる》を着けた長身の和田は、満面の笑顔を浮かべ、五十過ぎとは思えぬ潑剌《はつらつ》さで観衆に手を振った。

再び、わあっ、と群衆がどよめいた。

和田が跨る黒馬もまた、緋色の厚総《あつぶさ》の胸懸《むながい》や、鞦《しりがい》で飾られている。舌長鐙《したながあぶみ》は黄金造りの特注品だ。

「武士たるもの、合戦《かっせん》の時と同じ格好で的を射ることができねば、意味がござらぬ！」

声高らかに述べた和田の台詞《せりふ》に、群衆は三度湧いた。

樹上の兵衛と智久も盛んに拍手した。

「何とも面白くなってきたぞ！」

「凄いな、和田様の人気は！」

——このパフォーマンスには、頼朝も珍しく微笑みを見せた。

「義盛《よしもり》め、派手に見せよる」

その嬉しげな表情を窺い見て嫉妬の炎を燃やしたのは、三浦義澄《よしずみ》であった。

流鏑馬にあのような装束とは、非常識であろう！

和田義盛は、若い頃から一本気で単純明快。裏表のない性格で、政治派閥とは全く無縁の男である。単純故に失言も多いが、それもなぜか憎まれない。いわゆる『生まれつきのスター性』があるのだ。

気難しい頼朝ですら、彼の失敗にだけは目を瞑ってきた。

なぜにアレばかりが誰からも愛されるのだ！

三浦は七十近い老人で、いかにも頑固な粘り腰の強そうな顔立ちだ。顎はがっしりと太く、深い眼窩《がんか》の奥にある小さな目は、常に猜疑の色を湛えている。

三浦は何かと和田に対抗心を燃やしていた。

実はこの二人、叔父《おじ》と甥《おい》の間柄である。

和田の父は義宗《よしむね》というのだが、これが三浦義澄の兄にあたる。

つまり、三浦義澄は次男でありながら「三浦姓」を継いだことになる。義澄の母の方が身分が高いことを理由に行なわれた采配であった。

しかし後年、三浦義澄の父・義明《よしあき》は、孫の和田義盛をこよなく可愛がり、「こんな事ならお前の父に三浦姓を継がせるのであった。采配を間違えたものだ」と後悔していたというのだ。

事実、義明は和田を「器量が大きい」と褒めちぎり、将来に多大な期待を託して死んだ。

……そういう経緯があったので、三浦は和田の存在が面白くない。

彼は、自分に向かって邪気なく手を振る和田の姿に、唇を噛んだ。


奴は弓馬にしか興味のない、頭の空《から》っぽな男なのだ!

何故、それに誰も気づかんのだ!


三浦は暗い目で、御家人達の様子を観察した。

安達盛長《あだちもりなが》、足立遠元《あだちとおもと》は比企《ひき》と縁続きである。比企能員《よしかず》と同様、源氏にべったり張り付いている。

この三人は、和田の晴れ姿を快く思わぬ様子で何事かを囁き合っていた。

温厚な八田知家《はったともいえ》は、このアトラクションが気に入ったらしく、機嫌良げに笑っている。この男も何処といって取り柄《とえ》がない筈なのに、何故か頼朝から気に入られている。彼自身も、べったり頼朝派だ。

千葉常胤《つねたね》と六人の聡明な息子達は和《なご》やかに談笑している。房総半島などに広大な領地を持つ千葉一族だが、政治的な野心は皆無と言っていい。かつて、近縁の上総介《かずさのすけ》一族が梶原景時に謀殺された経緯から、彼らは政治に対して、極めて慎重な姿勢を崩さなかった。

北条時政、義時親子は、三浦の視線に気づくと、対抗的な視線を跳ね返してきた。

その時、高らかな蹄《ひづめ》の音が馬場に鳴り響いた。

畠山の騎射が始まったのだ。その勇猛な姿に観衆は色めき立ち、頼朝の顔も満足げに輝いた。

三浦は、畠山が滅法気に入らなかった。

彼の人気に嫉妬があるのも事実だが、それより根深い原因がある。

畠山は父の仇《かたき》なのだ。三浦が頼朝の最初の旗揚げに味方した時、平家側について戦った畠山が、三浦の父を討ったのだ。

それなのに頼朝は、後から味方に加わった畠山のことを何かと引き立て、贔屓《ひいき》にしているように思われる。どうにも納得できぬ話だ。

次に三浦は、梶原景時を窺った。

一族の出を同じくする梶原は、人を平気で裏切る男、何を考えているか得体が知れない。だが、頼朝からは無二の信頼を受けている。これも三浦には納得できない。

三浦は再び和田に視線を戻し、これを睨み付けた。


鎌倉三浦半島は、三浦の地――

今こそ三浦が政治の表舞台に立たねばならぬのに、甥の貴様はまるで頼りにならぬ救いようのない政治音痴《おんち》め！


本来ならば、鎌倉の地で三浦の上に立てるほどの力ある豪族などいない。三浦一族は、鎌倉三浦半島と房総半島に勢力を持ち、強力な水軍を有し、貿易や海産物で潤ってきた。

幕府造営の際には、三浦の巨大な邸が大倉幕府のすぐ側に建てられた。自軍を持たない頼朝を、鎌倉を、守護しているのは三浦である。

頼朝の長子・頼家の動向が奇怪《あや》しい今、次期将軍には三浦縁《ゆかり》の者が擁立されても何ら不思議はない筈だ。これほど幕府に尽力してきたのは、三浦以外にない。そんな三浦を露骨に警戒し、『力があるとは言え、一介の御家人』として他の御家人と同格に扱おうと画策する者は……

北条時政、あいつが何かと邪魔をするのだ……

伊豆《いず》の田舎出身の癖に、露骨なやり口で成り上がりおって！


ちらりと時政を窺うと、二人の視線がぶつかった。

時政の方も三浦の勢力を恐れ、いつかどうにかしてやろうと隙を窺っているのである。


――この様子を水鏡で眺めていた三太夫は口々に言い合った。

「鎌倉の覇権争いは微妙なバランスにあるのう」

「三浦の周りは小鬼が多いのう」

「時政、義時、比企、安達……どこもかしこも小鬼だらけじゃのう」

「おお、怖や。まろならば、あのような場所、居ることすらいたたまれぬわ」

「ほんに、恐ろしや」

「ほんに」

「ほんに」

7

馬場では、和田が豪快なかけ声と共に弓を引き、見事に三的の中心を射抜いた。

観衆がどっと沸く。

「まさに人馬一体、華麗な技だ」

「流石《さすが》は和田様、優勝は決まりだな！」

ややあって、兵衛達の言う通り、和田の優勝が宣言された。


「やあ、実に楽しかった。見応えがあったなぁ、兵衛」

そう言って樹から下りようとした智久を、兵衛が引き留める。

「智久、一寸気になるモノがあるんだが……何だろう？」

兵衛が梢《こずえ》の高い所を指差した。見上げた智久も訝《いぶか》しい顔をする。

「何だろうな……布のように見えるが、誰が一体あのような高い場所に結んだのだ？　あんな所まで登るとは、とても人間業《わざ》じゃない……。猿か？　それとも妖しの仕業か……」

「うむ、また厭《いや》な事が起こらねばよいが」

「厭な事と言うと……百鬼夜行や天狗どもが出没するということか？」

智久は自分の言葉にぶるりと震え、

「止《よ》そう、止そう、こんな話は。俺は二度とあんな怖い思いをするのは御免だ。鎌倉には法眼《ほうげん》どのが居てくれるから、大丈夫だろう」

兵衛は、そうだな、と頷いた。

和田を筆頭に、射的役達が馬場から退場していく。

津波のような拍手が静まるのと引き替えに、今度は若宮《わかみや》の方から厳かな笛と鈴の音が響き始めた。

「舞童の舞楽が始まる合図だぞ。兵衛、行ってみるか?」

「おうよ」

二人は銀杏をするすると下りて、若宮に向かった。

群衆もそちらに大移動を始める。勿論《もちろん》、筆頭は頼朝を始めとする御家人衆である。

若宮とは、鎌倉の霊的中心たる八幡宮の、そのまたさらに中心となる神聖な場所だ。静御前《しずかごぜん》が舞いを奉納した因縁《いんねん》の場所でもある。

回廊で麗々しい舞楽が催され、続いては庭園で神前相撲《ずもう》が始まった。

次第に夜もとっぷりと更け、白銀の満月が空に浮かぶ。十五夜の名月だ。

月明かりの下、いよいよ最後の相撲の一番が終わった。

満足顔の観衆は、腰を浮かせてそぞろに帰り支度を始める。あわや回廊の灯台の火が落とされんとした、その時――。

にわかに空に黒雲が立ち込め、冴《さ》え冴《ざ》えとした月を遮《さえぎ》った。

雨がぽたりと落ちてきた。産毛《うぶげ》が立つ程冷たい雨だ。

呆然と空を見上げた人々の耳を劈《つんざ》いて、突如、

どーーーん、どーーーーーん

大音が響いた。雷であろうか……。観衆のうちに不安の色が広がっていく。

『お渡りーー、お渡りーー』


奇妙なかけ声が鳴り渡り、闇深い回廊の奥から白装束の一団がしずしずと現われ出た。各々、白旗を掲げた十名ばかりの男達である。

「むむっ、あれは?」

兵衛達は目を細めて一団を確認した。

「見覚えのある顔が一つ、二つある。あれは八幡宮のお庭番達ではないかな……?」

「智久よ、このようなもの、去年はあったか？」

「いや、なかった、なかった。見た覚えがない」

白装束の一団に続き、獅子頭を被った者が二人、重々しい足取りで歩き出てくる。

さらに、その後に続く一行を見た瞬間、見物人達は口々に叫び、騒ぎ出した。

「なっ、なっ、何だ」

「なんと不気味な！」

それは世にも奇怪な異形面の行列であった。

鼻長、翁《おきな》、鬼、烏《からす》天狗、布袋《ほてい》、火吹き男《ひょっとこ》……。各々の異形面は、青い着物に頭巾《ずきん》を被っている。

まさに百鬼夜行さながらだ。

さらにその背後から楽団が現われ、不気味な伎楽《ぎがく》を舞い奏で始めた。

これを高座で見ていた頼朝は、みるみる真っ青な顔色になり、小刻みに震え出した。

頼朝はちらり、と腹心の梶原景時を見た。彼は動じる気配なく、行列を見据《みす》えている。

「か、景時、これは……」

「どうなされました、大殿」

珍しく不敵な口調で景時は答えた。

頼朝は、こほり、と咳払いを繰り返して、声の上擦りを調整する。

「ど、どうしたも……あれなるは八幡宮の下人《げにん》どもではないか。これはお前の命じたことか」

「そうではございませぬ」

景時は、まるで鋼《はがね》で出来ているような冷たく表情の無い顔を頼朝に向けた。

「霊夢でございます、大殿。下人共が申すには、昨晩夢枕に鎌倉権五郎どのが立ち、『我と源家との約束事を八幡宮にて披露すべし』と申されたとか……」

「な、なんと、真か」

頼朝の顔は蠟よりも白く凍り付いた。

「はい。霊夢なれば、これに逆らうこともできませせん。侵せば、またも御霊社鳴動《ごりようしやめいどう》の際のような祟《たた》りがございましょうから……。それとも……何か不都合がおありでしょうか?」

「そ……そうか、なれば仕方ない……」

頼朝は答えたが、その声は掠《かす》れていた。


白装束、獅子頭、異形面、伎楽団……。妖しくも空恐ろしい一行が、頼朝の前を横切って行く。

その時、回廊の奥から奇妙な格好の女人が二名現われ、行列の最後尾に加わった。

一人は巫女《みこ》らしき装束を着、もう一人は臨月の腹を抱えている。

二人の女は、白いお多福《たふく》面を被っていた。深夜の奇怪な行列の中にあって、そのふくよかな笑顔が却《かえ》って禍々《まがまが》しい。

頼朝はその姿を見るや、「あなや」と驚嘆の声を漏らし、袖で顔を隠した。顔を隠すのは、悪霊や穢れに憑《つ》かれないための呪《まじな》いである。

異風異形の一行は、頼朝の前を通り過ぎ、群衆の間を練り歩き、八幡宮の鳥居を抜けて、漆黒の闇に包まれた若宮大路《わかみやおおじ》へと吸い込まれるように消えて行った。

8

「これは痛快な！　頼朝め怯《おび》えておる」

「ひっひっひ、義経よ、楽しくなってきたわいのう」

鎌倉の夜空に浮かぶ唐庇牛車《からひさしのぎっしゃ》では、牛若天狗と後白河天狗が愉快げに身を捩《よじ》っていた。赤い火、青い火がゆらゆらと牛車の周囲を飛び交っている。

「梶原景時め、相変わらず慇懃《いんぎん》姑息《こそく》な男、まさか放生会にあのような行列を繰り出すとは……。だが何ともこちらに好都合。あれらは梶原景時支配下の鎌倉党（密偵）でございましょう?」

「そうじゃとも。鎌倉党―梶原ラインの反発を買っては、頼朝めは手足をもがれるようなもの……。ここは黙って震えておくよりないわいなぁ」

「全くに。頼朝めの怯え顔は何度見ても飽きませぬ」

「ほんに愉快じゃ」

牛若はきっ、と顔を引き締めて、

「いよいよ、あとは……鎌倉権五郎どのと交渉するだけでございますね」

鎌倉権五郎……。生前の彼は、平忠通《たいらのただみち》の息子であり、鎌倉の大豪族だった。鎮守府将軍《ちんじゅふしょうぐん》として鎌倉に赴任して来た忠通の息子が分家し、長子は三浦、次男筋は大庭《おおば》、三男筋は長尾《ながお》、四男筋は梶原、末っ子の五男は鎌倉権五郎を名乗ったのである。

その後、三浦氏は海運業などで栄えたわけだが、残りの氏族は製鉄業を司《つかさど》り、山人《さんじん》などを配下に置いていた。梶原景時が密偵を操り、スパイ的な役割を果たしているのも、こうした山人達のネットワークを彼ら一族が元来より有していた為である。

こうした密偵達の一群「鎌倉党」は、御霊社を本拠地とし、八幡宮のお庭番をも務めていた。八幡宮は神社と僧侶が共住する神宮寺《じんぐうじ》、総責任者は仏教僧侶である。だが、陰の実力者こそは「鎌倉党」すなわち「お庭番」、つまりは「密偵達」なのだ。

但《ただ》し——情報を集め、また風聞を振りまき、観察し、報告する——そうした陰のネットワークは、これまで頼朝に奉仕こそすれ、脅かすなどなかった筈である。今日の景時達の振る舞いには、深い因縁がありそうだ。

……ともあれ、死後の鎌倉権五郎は、製鉄神として金山谷の御霊社に祀《まつ》られていた。

「余の教えた通りにやるのじゃぞ、義経」

「上手くいくでしょうか、法皇様」

牛若が緊張すると、後白河は糸のような目を細めた。

「大丈夫じゃ。鎌倉権五郎は気難しいが、根は単純な男。そちの子を見せてやれば、いたく同情するに違いないぞえ。それで余がちぃと細工《さいく》をしてやったのよ」

「細工……と仰いますと？」

後白河は、くくくく、と可笑しくて堪らぬ笑いを喉の奥で立てた。

「余が鎌倉党どもの夢枕に立って、『行列をやれ』とそそのかしてやったのじゃ。ひひひひ、……今頃は鎌倉権五郎も、腸《はらわた》が煮えくり返る思いで昔を回想しておるじゃろうなぁ」

牛若は驚愕して、

「何時《いつ》の間にそのようなことをなされましたのか……。なんと法皇様はお知恵の回られる方でござりましょう」

「頼朝め……そちの娘と尊成《たかひら》の婚姻など、何が何でも余が許さぬぞよ。尊成には東の蛮人どもを、ぎゃふん、と言わせてもらいたいものよのう。ひっひひひひひ、楽しみじゃ、ほんに楽しみじゃ。義経よ、ここからは、そちが上手くやるのじゃぞ」

牛車は、鎌倉の南西、『地獄谷』とも呼ばれる深い谷間にある御霊社に近付いた。

黒霧に覆われた社の森厳《しんげん》な佇《たたず》まいに牛若は威圧された。

「法皇様は行かれぬのですか？」

「いかんいかん、余が行っては逆効果じゃ。鎌倉権五郎は朝廷を憎んでおるし、余やそちのような人天狗《ひとてんぐ》を、混ざり者、不浄者よと嫌っておるからのう」

「そ、それでは……我はどうなるのです」

牛若はぎょっとした。

「そちならば大丈夫じゃ。今宵の鎌倉権五郎なら、子を思う父に無下《むげ》な仕打ちをする筈もなかろうて。ましてやそちの身の上は、権五郎によく似ておる。哀れと感じてくれようぞ」

ひっひひひひ、と後白河は笑い、扇子を振って早く行けと牛若に合図した。

牛若は意を決すると、法皇に言い含められた通り芝居気たっぷりに御霊社に向かって行った。子の霊を懐にかき抱き、はらはらと落涙し、「ああ、吾子よ！　吾子よ！」と叫びながら鳥居を潜《くぐ》ったのである。


誰だ！　臭いぞ！　人天狗の不浄の臭いがする！


山津波のような声が轟《とどろ》き渡り、神棚の奥に巨大な目玉が一つ現われた。目玉だけで牛若の身体の倍も三倍もある。

（なんと恐ろしい……。牛頭天皇様といい権五郎どのといい、会えば心胆凍り付く心地がする。法皇様はこのような役ばかりを我に押しつけて、全く都合の良いお方じゃ）

牛若は内心で愚痴を零《こぼ》しつつ、目玉の前に平伏した。

「これはこれは、申し訳ございませぬ。吾子を殺された悲しみの余り、ついぞ目が眩《くら》み……鎌倉権五郎どのの御社《おやしろ》とは気付かず入ってしまったのでございます」

なに？　……子を殺されただと？

声が少し和らぎ、一つ目が瞬きをした。すかさず牛若は、よよと泣き伏した。
「はい、私めは牛若という鞍馬の天狗にございまする。この身は先の源平の合戦で、さんざん源氏の頼朝という男に利用された挙げ句にだまし討ちに合い、果ては生まれたばかりの吾子を殺されてしまったのでございまする。ああっ、これが正気でおられましょうか……」

おおーーーっ

天を割るような叫び声が木霊して、牛若の頭に塩辛い水が降り注いだ。一つ目から、はらはらと涙が零れ落ちたのだ。

源氏だと！　源氏と言ったな！　哀れな、なんと哀れな、無礼は許してやろうぞ
……それがお前の子供か？

目玉がじろりと白い光の中に眠る胎児を見る。

「左様でござります……。まだ父を父とも、母を母とも呼べぬ間に殺されてしまった我が子でござりまする」

おお、おお、悔しかろう、悔しかったろうなぁ

毛むくじゃらの太い指先が、闇の中からぬっと現われて、嬰児の体に触れた。その巨大さたるは社が崩れ落ちてしまうのではないかと思えるほどであった。牛若はその指に取りすがった。

「権五郎どの、お願いでござります。この哀れな父子にお力をお貸しくださりませ。親子で、憎っくき相手に仇を討ちとうございます!」

分かった、分かったぞ! その子には力をくれてやろうぞ!

せめて父母と呼べる体をやろうぞ!

嬰児を包んでいた光が見る間に膨らみ、その内で骨も柔らかい赤子が育ち始めた。

手が伸び、足が伸び、頭に黒々とした毛が生えてくる。顔立ちもハッキリとしてきた。共に美貌を称えられた静御前と牛若の容姿を継ぐ、実に綺羅綺羅《きらきら》しい顔立ちの子供だ。

やがて光が消滅すると、八つほどに見える童子が立っていた。

薄紫色の垂領《たれくび》を着、塗りの下駄を履いた姿は、身分ある御曹司《おんぞうし》のような品格がある。しかしやはり魔性のもの、見開いた眼は赤くぬらぬらと光っていた。

「おお、吾子よ！　お前に名前をつけてやろう、我が名を一文字取って、剛若《たけわか》と名乗るがいい」

「はいッ、父上様」

9

名残《なご》り蟬《ぜみ》の声が庭に響いている。まるで政子の穏やかならぬ心中のようだ。

ここ半月あまり考えあぐねた末、政子は同母弟・義時の邸を訪ねていた。

「姉上、お話とは何でしょう」

人払いを済ませた部屋で、義時が低く問う。政子は長く吐息をついた。

「ようやく放生会の騒ぎが終わったかと思えば、また次々と問題が起こる……。まるで気が落ち着かない毎日じゃ。それでふと、義時どのの顔を見たくなったのです」

義時は三十五歳。感情を露《あら》わに出さず、騒がず、言葉も少ないが、それが却って頼もしい。側にいると心が安らぐ。

何しろ、最近の政子の周囲には、色ボケた父親と高慢な義母・範子が彷徨《うろつ》いていたし、長子・頼家の評判は落ちる一方であるし、頼朝を諌《いさ》めようと博士達は政子に協力を求めてくるし、肝心の頼朝は何かと理由をつけて政子を避けているし、御家人達の不満はあれこれ聞こえてくるしで、どっと虚脱感に襲われていたのだ。

義時は黙したままだった。

政子はふうっ、とやるせない溜息を吐いた。

「この頃、ふと昔を懐かしく思い出したりもして……。もしも御殿に出会わず、伊豆で静かに暮らしていたら……などと、詰まらぬことを」

義時は四角張った顔を僅かに傾けた。

「馬鹿な姉だ、と思うでしょうね」

「いえ……。心迷われた時は、仏におすがりすると良いとか」

「成程……そうかも知れませんね……」

義時は十分な沈黙の後で、ゆっくりと居住まいを正した。

「姉上……私に力になれることがあれば、何時でも」

その言葉を聞くと、政子は張りつめた糸がプツンと切れたような気分になった。

「ああっ、義時……。私はどうにも疲れているのです。……それと言うのも、まずはあの義母のことです。全く、高慢で贅沢《ぜいたく》な女、御殿の継母であることを笠に着て、何かと威張り散らしておるのです。あれでは、まるで北条の家に泥を塗って歩いているようなもの」

一旦、口を開くともう止まらない。政子はずいっと身を乗り出して、

「だいたい父上も父上じゃ、そんな女に骨抜きにされて、みっともなくて見ておれぬ。おまけに、どうやら父上と三浦どのの関係も穏やかではない様子。顔を合わせれば嫌味を言い合ったりなどして、まったく父上はどういうおつもりか……三浦どのを怒らせればこの鎌倉がどうなるか、わかっておられるのかと腹立たしくて仕方がない。なのに、私の忠告などには耳も傾けぬ。昔から

そういう所のある父上ではあったが、最近どうにも酷《ひど》すぎます。私が見た所では、あの女の縁で京都に何かと接近を図っているようなのです。京都、京都、とそんなものに振り回されては、この鎌倉がいいように食い物にされてしまいます」

これをじっと聞いていた義時は、険しい顔で頷いた。

「父上には、誤解を受けるような行動を慎《つつし》んで頂くよう、私からもご忠告申し上げましょう」

「そう言えば、放生会では鎌倉党がいらぬ真似をしたとか……何やら嫌な予感がします。父上やあの女が妙な動きをすれば、この北条ごと誅事にかけられるやも」

『鎌倉党は私達の手に負えませぬ。ですから、三善どのの仰る通りにするのです』

義時は間違っても密偵に聞かれぬように、政子の耳元で囁いた。

『三善どのの？』

政子もつられて小声になる。

『はい、この鎌倉を仏教の盛都にしようというご提案を強く推進するのです』

『成程……。あの者共の根城《ねじろ》の勢力を弱めようということですね。神より仏が上となれば、京の陰陽師や呪い師という不逞《ふてい》の輩《やから》が取り入ってくる事もなくなりましょう。私もそれには賛成です。あんな奇怪しな者共に、鎌倉を揺さぶられたくありません』

そう言いながら、大姫の臨終間際に頼朝が「京の陰陽師」に祈禱《きとう》を頼んだこと、その者が大姫への呪詛《じゅそ》を行なった経緯などを思い出し、政子は頭から湯気を吹いた。

「ああ、本当に……京都の何がいいのだか。最近は頼家も、後鳥羽院から送られた鞠《まり》で嬉しげに遊んでいるそうです。ああっ、もうあの子はどうなっておるのか！　あの子は比企におかしくされたのです。比企が何かとおかしな事を吹き込んだに違いありません！」

「次期将軍問題も……頭の痛いことです」

義時が慎重に言った。

「ええ、頼家のことも、父上のことも、頭が痛くて仕方がない。けれど……一番問題なのは、御殿です。どうやら御殿は三幡を宮中に入内させようと躍起《やっき》になっているようなのです」

義時の眉がピクリと動いた。

「それは……まだ懲《こ》りてはおられぬとは、困ったことですな」

「御殿は、ご自分が武士の頭領であるということを……忘れてしまったらしい」

政子は万感の思いを込めて言った。

いくら京都で生まれ育ったとは言え、仮にも源家の武人。鎌倉御家人達の尊敬を一身に浴びるような立派な行ないさえしていれば、御家人達の結束も固まるというのに……。肝心の殿ときたら、相変わらず女に懸想《けそう》をしたり、梶原の隠密《おんみつ》を使ったり、やっている事が京都の公家と変わらない。一言で言えば汚《けが》らわしい。それでは、東武士の心を捉《とら》え、心酔させることはできないのだ。

政子にはそれが手に取るように分かるだけに、何とも悔しい思いだった。

「大殿は、後々の将軍家の血筋の事を考えておられるのでしょう。このまま東武士の血と交わって行けば、いつかは源氏の血を引く地方豪族と変わらなくなる……と」

義時は言葉を選んで言った。政子はカッと赤くなり、

「それの何処が悪いのですか！」

「……人それぞれの、考え方の違いというものでしょう。大殿のお考えには一理あります」

義時の言葉には重みがあった。

政子は一瞬押し黙った。

確かに、『殿には武士の鏡となって欲しい』などという己れの望みは、夫の実像とかけ離れている。夫は昔から貴族趣味な男だったし、これからもそうだろう、と思い直した。

思い直した事で腹立ちは治まったが、代わりに政子は酷《ひど》く疲れた気分になった。


本当に……私は夫の何を見、何を期待していたのだろう？


「姉上、確かに大殿のお考えには一理あります。しかし、今動くのは早すぎると思います」

「………」

政子は義時の顔をじっと見た。これまで『大人しくて可愛い弟』と何処か子供扱いしていたが、こういう時に人の心を捉える力が目の前の男にはあった。

義時は父上などより、ずっと有能な政治家かも知れない……

「朝廷との関係はこじらせず、かと言って服従もせず……。鎌倉の基盤が固まった時こそ、こちらの権利を堂々と主張し、相手の譲歩を引き出す駆け引きもできる筈」

「ええ……その通りでしょう」

「皆で一丸となった合戦の後の平和——今のような時に、人の結束は緩《ゆる》むものです。現に、御家人同士の諍《いさか》いが増え、問注所に持ち込まれる事件の数も増えております。このような時に、これ以上失態を見せ続けると……」

「ええ、中原どのもそう言っておられました」

政子は怒りの吐息をついた。

「四博士も同じお考えなのですね……」

義時は目を瞑り、険しい顔をした。

「姉上、この話を父上には？」

「いいえ、まだ話しておりません、まずは義時どののお考えをと……」

政子は含みのある言葉で答え、義時の反応を待った。

義時は静かに語り始めた。

「先の平家があれほど隆盛を誇りながらも源氏に敗《やぶ》れたのは、清盛《きよもり》どのが武士たることを忘れ、天皇の外戚となり、公家のような振る舞いに溺れて武士達の信頼を失ったがため……。それに不満を唱えた我ら東国武士は、新しい武士の世を築くというかけ声に立ち上がったのです。ですから、殿があくまでも入内に拘るとなれば、大義が立ちません」

政子はどきりとした。自分も全く同意見だった。

「そうなのです。私は四博士と共に、この十日間ばかり、御家人達を労《ねぎら》って回りました。皆、それぞれに不満を持っている様子でした……。そこで博士達は近々、御家人を集めて会議を開こうと考えているのです」

「会議……ですか」

「御家人達の不満をよくよく聞いた結果、やはり『土地問題に明確なけじめを付けねばならぬ時にある』と、博士達は判断されました。かねてより大江どのと三善どのが草案していた、『土地台帳』の作成にとりかかるべきだと……。それらを会議上で大殿に承知して頂き、重ねて、そういう大変な時であるから、入内の一件は暫く保留に……と」

義時は暫く考え、口を開いた。

「そうですね、いい方法でしょう。しかし……もしも大殿が返事を渋られたなら、どうなさいます。その時こそ鎌倉の御家人はばらばらになりますぞ」

政子は、ぐっと袖を握りしめた。

「そ、そんな事態は考えとうない……」

「ですから父上に相談された方がよい。姉上の口から、入内の件や、博士達の意見を父上に伝えられた方がいいでしょう」

「父上に？」

政子は露骨に訝しい顔をした。父が信用できぬからこそ、この弟に相談に来たのである。

義時はそんな姉の心を見抜くように、言葉を継いだ。

「そうです。父上に相談するのです。こういう事の采配は父上がお得意のこと……。私達が考えるべきことではありませんぞ、姉上」

常になく強い口調で言った義時の言葉に、政子は、はっと青ざめた。

義時の考えていることが分かったのだ。

「そんな……そんな……」

「狼狽《うろた》えている場合ではありません。私達はもっと先のことを考えなければなりません。そのようなことは父上にお任せすれば宜しいのです」

政子は、ごくりと唾を呑んだ。


この弟の読みは、恐らくは正しい。組むのに間違いはなさそうだが……

私は……とんでもない道に踏み込もうとしているのかも……

10

法眼の邸は鎌倉の北西、化粧坂《けわいざか》の藪中《やぶなか》にひっそりと構えられている。物侘《ものわ》びた境域には音もなく、また人もない。ただ鬱蒼《うっそう》と木々が絡《から》み合い、大気だけが濃い。

村上兵衛は法眼に呼び出され、邸を訪れていた。

居間に置かれた水鏡の前に、三太夫が座っている。兵衛も共に水桶を覗き込んでいた。


邸の庭先は、深い木下闇《このしたやみ》と眩しい光とが交錯する空間だ。

法眼は珍しく、日の射す庭の一角に佇んでいた。

立烏帽子《たてえぼし》を被り、豪奢で不吉な大輪の彼岸花《ひがんばな》が縫い取られた直垂《ひたたれ》を纏っている。禍々《まがまが》しい緋橙《ひだいだい》と濃緑の花々が、暗い生地から妖しく浮かび上がってくるようだ。

陰鬱で眩惑的、それでいて麗々しい――法眼にはよく似合う装いであった。

「何か始まるな」

法眼が低い声で呟いた。

兵衛は庭先を見た。

法眼は長い腕を石榴《ざくろ》の実に伸ばしている。その脇に低く垂れた萩枝の紅紫が、彼岸花の色彩と混じり合い、兵衛の目を眩ませた。

「どうした、妙な顔をして」

水鳴太夫が指先に蟬を止まらせながら言った。

「今、龍水どのが何か言ったようだが」

「龍水は、『何か始まるな』と言ったのじゃ」

水蓉太夫が艶《つや》やかに笑って答える。

「一体、何が始まるというのだ？」

「鈍いな、お前。政子と義時のやりとりを見ていて分からなかったのか」

水鳴が高飛車に言う。兵衛は頭を搔いた。

「無論、話されていたことぐらい分かるとも。政子様は、三幡姫を宮中に入内させたくないが、大殿はそれを望まれている。それで、どうしようかと義時様に相談していたのだ」

「まろはな、その意味が分かっておるのか、と聞いたのじゃ」

「意味って、それに何か意味があるのか？」

「いくら下郎侍といえ、そんなことも分からんとは。お前、阿呆だな」

水鳴は兵衛を小馬鹿にしたように一瞥《いちべつ》した。水蓉と水見もくすくすと笑った。

「あ、阿呆とは聞き捨てならんぞ。それに二人も何故笑う」

顔を真っ赤にした兵衛を見て、法眼が近付いて来た。

「そう笑ってやるな、この男は公達《きんだち》とは違う。田舎者なれば、機微《きび》に疎《うと》くて当然」

「龍水どのまで俺を馬鹿にして。ならば、その意味とやらを教えてくれればいいだろう」

兵衛は口を尖らせた。

法眼は縁側に腰を下ろし、石榴を摘んだ籠《かご》を水蓉に差し出す。水蓉は白木の樽《たる》にそれを並べ始めた。

「またそのような物を……。あの女にか？」

水鳴は厭気顔でふいっ、と背を向ける。

「もう田も黄金になっている。行ってくれるだろう」

法眼は口元に幽《かす》かな笑いを浮かべた。

「まろはあの女は嫌いなのに……」

「水鳴、そのように言うものではないぞ」

水見太夫が窘《たしな》める。

兵衛はこの会話に戸惑って、

「龍水どの……このように素晴らしい女房どのを持っていて、まだ他に女がいるのか？」

「まぁ、そんなものだ」

法眼は風のように飄々《ひょうひょう》と答えた。

三太夫は何事かを囁き合いながら、樽を抱えて几帳《きちょう》の奥へ消えた。

「――それよりお主、もし頼朝が三幡の入内に拘《こだわ》ると、一嵐来るぞ」

縁側の法眼が気怠い口調で言った。

「へっ、どうしてだ？　そもそも俺にはよく分からぬのだが、なぜ、政子様はそれほど入内を嫌がられる。京の帝《みかど》と縁戚になるのは栄誉なことだと聞くが」

「そこがお主の無邪気なところよ。三幡の入内は、ある者共には良い話と言えぬ」

「なぜ？」

身を乗り出した兵衛を、法眼の妖瞳が捉えた。

「北条は平氏だ。なのに時政は頼朝を御輿《みこし》に担ぎ、平氏の本家に盾突いた。何故だ」

「そっ、それは、先の後白河法皇様が平氏を討てとお命じになったからよ」

法眼は頭を軽く振って、唇の端を僅かに持ち上げ、

「違うな。そこが時政の野心なのよ」

「野心か」

「北条氏は、平氏といえどもたかが末裔。三浦や千葉のように介《すけ》の官位を持てぬ身だ。しかも時政はその庶流《しょりゅう》、故に地位は下級の在庁官人だった。無論、兵力も微弱だ。それで奴は四十歳になるまで『北条四郎』、『北条丸』と呼び捨てられておったのよ」

兵衛は仰天した。

「それは俺の聞いた話と随分違う。北条様はいかにも伊豆の大豪族と聞き及んでいた」

法眼は目を細めてククッ、と笑った。

「見栄を張っておるのだよ。だがな、奴の経営手腕は本物だ。独自に荘園を開拓し、伊豆の立地を利用して中継貿易を行ない、銭はたんまり貯めていた。せめてもう少し高貴な血筋を持っていたなら、官の昇進も……。だが、いくら京に位を乞おうと、無下にあしらわれたと聞く」

「俺などは血筋などというものからは縁遠いから、よくは分からぬが、力があるのに認められないとは悔しいことだろうなぁ」

法眼は静かに頷いた。

「さて、そんな時政が心酔《しんすい》する人物がいた。誰だと思う」

「さっぱり分からんな」

「同じ平氏の武将、将門《まさかど》よ」

「平将門どのか」

「将門は中央より派遣された朝廷国司を追放し、新皇《しんのう》を称し、自ら国司を任じて関東自立の意を表した最初の武将だ。

何もせぬのに税だけを取る朝廷国司を排除し、東国の自立、武士の自立を成し遂げた――つまりは、武士の理想を成したのだ。その支配はわずか数ヶ月にすぎなかったがな……。

そういう訳で、東国には将門を英雄と仰ぐ気風がある。しかも伊豆は将門の支配下だった。時政は幼い頃から将門の武勇伝を聞き、ああなることを夢見ていたのだ。だが……奴と将門には、どうしようもない違いがある」

「……それが血筋か？」

「そうとも血筋だ。将門は桓武《かんむ》平氏高望《たかもち》の孫、父は鎮守府将軍良持。時政とは大違いよ。だからこそ時政は血に固執するが道理。……そこに、罪人とはいえ源氏嫡流《ちゃくりゅう》の御曹司《おんぞうし》・頼朝が現われた」

「おう。……そして政子様に恋したのだな」

法眼は懐から塗骨《ぬりぼね》の扇子を取り出し、こらえ様もない口元の笑みを隠した。

「違うな」

「えっ、お、俺はそう聞いたが」

兵衛が目を丸くした。

「時政は財産をちらつかせて、頼朝の気を引いたのよ。政子とて父の思惑ぐらい分かっておるから、頼朝に執着した。そこで時政は『政子が頼朝のもとに駆け落ちした』などと猿芝居を打って、政子を押し掛けさせたのよ」

「な、なんとも……えぐい話だな」

「まあな。そんな訳で見事に御輿《みこし》を捕まえた時政は、将門に倣《なら》って『武士の自立、権利の獲得』を叫び、東国武士達を寄せ集めていった。

だいたいが先の戦《いくさ》は『源平の合戦』などと呼ばれているが、その実、頼朝御輿を担《かつ》いで行なった東国武士の反乱よ。目的はあくまで関東自立……。そうでなくては東国武士は一つにならなかったろうよ」

「そうか、そういうものか……」

兵衛はごくり、と唾を呑んだ。

「理屈で言えば、朝廷側が無茶よ。中央から地方に国司を派遣し、好き放題に税を取り立てていたのだからな。実際に土地を開拓し、守ってきたのはその地の豪族。ところがせっかく開拓した土地は朝廷・公家のもの。腹も立とうよ」

「ううむ、確かに」

「そうした積年の不満を糧《かて》に旗揚げした頼朝は、参戦した東武士達との公約を守らねばならん。そこで、大江や三善らは『義経追伐《ついばつ》』という名目を上手く使い、全国に守護地頭《しゅごじとう》を置くよう、頼朝から朝廷へ進言させたのよ」

「な、何の話だ?……回りくどすぎてわからんぞ」

「つまりだな、義経追伐となれば、当然現地で兵糧《ひょうろう》などを集める権利が発生する。そういう名目で、税を徴収する権利を幕府が持ったという事よ。頼朝に現地在官を任命する権利が与えられたのだ、あたかも朝廷が国司を任命するようにな。これが上手く行ったお陰で、頼朝と東国武士の間に確たる主従的関係が成立した。ま……牛若は利用されたわけさ」

法眼は一つ溜息を吐き、

「では次に、どうするか。ようやく得た権利を安定させねば、この先の御家人達の忠誠は叶わん。ともかく、『彼らの土地所有権を保護する』という公約を、幕府は守らねばならんのだからな。そこで、幕府は『大田文《おおたぶみ》』という土地台帳を早期に作成し、彼らの土地所有を明文化し、そこからどういう割で税を徴収するか、明らかにする必要に迫られておるのだ。

ところが頼朝は三幡問題にかまけて、台帳作成に興味を示さぬばかりか、苦労して得た諸権利を朝廷に譲歩してまでも、入内、入内と執着しておるのよ。そういう訳で、四博士も御家人も不満だという事よ」

「分かった、それは大殿が悪い！」

兵衛は手を打ち、大声で叫んだ。

法眼は薄い冷笑を浮かべると、前机に屈《かが》み、蓮華香炉《れんげこうろ》に火を入れた。

清涼、高雅な香りが漂い出す。

「お主の家は良い匂いがするが、そういうものを使っているのか」

「まあな」

「それにしても博士というのは、凄い方々だな。そのような奇策を思いつかれるとは」

「ま、そこが京都の人間よ、まだまだ裏がある」

法眼が無表情に呟いた。

「えっ、何と言った」

「いや……それよりな、仮に三幡が天皇家に嫁ぎ、男子でも生んでみろ、どうなる」

「……大殿は親王の外祖父様ということになるな。……それも駄目か？」

「駄目だ。清盛と同じ手だぞ」

「そうか……大殿も、入内の事などすっぱりと忘れて下されればよいのだが……」

それを聞くと法眼はがらがらと笑った。

「お主、忘れたか。頼朝の頭の中は、京への憧憬《しょうけい》で一杯よ。奴の夢を覗いたろう」

「そうなのか、やはり忘れられないものなのか。京とはそんなに良い所なのか、龍水どの」

「頼朝には、な。あやつ、あくまで自分を『あちら側の人間』と思いたいのよ、そこが奴の勘違いだな」

「勘違い？」

「かつての将門の時代なら、武士の身分もそう固定化はしていなかった。将門自身の血筋も天皇にほど近かった……。だが、頼朝は違う。先祖こそ清和《せいわ》天皇に遡《さかのぼ》るが、武士という階級が固定してからの人間、上流公家からは『汚れ物』とも見なされる、しがない中流貴族よ。だから尚更《なおさら》、天皇家や公家達に憧《あこが》れる。つまりは中央での出世の夢が捨てきれぬのよ。……中央での出世の道と言えば、これはもう血筋を上げるしかない訳だ」

「や、やはり、そこも血筋か……」

法眼は深く頷いた。

「頼朝が八幡神宮を建立したのも、その現われだ。八幡神とは応神《おうじん》天皇――つまり源氏と帝が同じ祖先を持っていることを、奴は強く意識している。一方の北条は、その危険な指向を抑えるべく、自らの守護神たる弁財天を八幡宮に召還した。だが、頼朝にその思いは通じなかったようだな。頼朝が皇室の外戚になれば、ここぞとばかりに血筋の利を振りかざし、清盛以上に傲慢《ごうまん》な公家になるだろうよ。それでは武士の自立など夢幻泡影《むげんほうよう》」

「確かにそれは不味《まず》いな……。では、政子様や義時様はどうされるつもりなんだろう」

兵衛が心配げに言うと、法眼はニヤリと笑った。

「だから義時が言ったろう……時政に任せるのだよ。『頼朝処分などという危険なことは、時政に任せよう』と、二人は同意した」

「しょ、処分だと！」

兵衛は目を白黒させた。

「そう、処分だ。東国武士の悲願は土地所有の権利維持。それが守れぬ頭領など、鎌倉には不要なのだ。もともと御家人達は、頼朝直属の部下でも何でもないのだからな。ところが、頼朝は大姫入内の一件で、あろうことか土地問題で朝廷に譲歩し、守護地頭の権利をうやむやにしてしまった。この失態は致命的だな。

頼朝のもう一つの失態は、朝廷復帰への野望を武士達に気付かれたこと。すなわち、四博士の忠言に応じず関白九条兼実を失脚させ、身内の一条を立てようとしたことだ。それが失敗したので、今度は入内にご執着だ。これでは切り捨てられぬ方がどうかしている」

兵衛はどっと冷や汗をかいた。

「おっ、お主、そんな淡々と……お、大殿がいなくなったら、この鎌倉はどうなるのだ……」

「別にどうにもならんだろう？　頼家と千幡（実朝《さねとも》）という御輿がいるからな。つまりは、比企と北条の争いが表面化するということよ」

「たっ、大変なことではないか！」

がばりと立ち上がった兵衛に、法眼はそっと声を和らげた。

「そう心配するな。頼朝には滅多なことが起こらぬよう、おれが呪をかけている。奴が鎌倉に留まっている限り、死ぬ程のことはなかろう」

「そうか、それを聞いて安心したぞ」

兵衛がほっと胸を撫《な》で下ろした。

「おれも北条相手より、頼朝が与《くみ》し易《やす》い。おれにも事情があるのでな、仕方なく守ってやっているのだ。あとはあの男の運次第よ」

法眼が冷淡に言い放った時、帳の向こうから三太夫が現われた。

「龍水、支度を終えたぞ」

水蓉太夫と水見太夫が桑折《くわおり》を掲げている。

水鳴太夫は立烏帽子、白鞘《しらさや》巻きの太刀を着け、きりりと化粧をしているが、浮かない顔だ。

法眼はそれを振り返って軽く微笑むと、兵衛に向かって、

「お主に頼みがある」

と不意に言った。

「おう、龍水どのには借りがあるからな、何でもやるぞ」

「そうか。実は水鳴を京へ遣《つか》いにやるのだが、女の一人旅は心配だ。お主に護衛して貰いたい」

「分かった、出発は何時だ」

「何時も何も、今からよ」

「今から！」

兵衛は弱り果てた。

「いくら何でもそれは不味い。鎌倉と京を往復しようと思えば十日はかかる。いや、女人の足ならもっとかかる。主人に断りもなく十日も勤めを休むことはできん。先に願い出をしなければ」

「十日もかからん、二日で戻れる。あれに乗ればな」

法眼が扇子で庭先を示す。何時の間にか、見事な赤馬が二頭、草を食《は》んでいる。

兵衛は驚き、それから「ううむ」と呻吟した。

「……だが、やはり無断で役目を休む訳にはいかん。数刻待ってはくれぬか、走って届けを出してくる」

「役目を休む必要はない、そうだろう？」

法眼が誰ともなく声をかけると、

「おうよ」

と威勢のいい答えがあり、赤馬の陰から兵衛そっくりの大男が現われた。

腰を抜かした兵衛を後目に、男はのっしのっしと木立をかき分け出て行った。

「あっ、あれは何だ？　あっ、妖しの術か？」

「そう驚くな、只《ただ》の式神よ。お主の代わりに二日間、あれに仕事をさせておく」

そう言うと、法眼は端正な顔を真っ直ぐ兵衛に向けた。

「おれの頼みだ、水鳴に付いていてやってくれ。常ならば二郎丸《じろうまる》を遣るのだが、今は山之内で弁慶の相手。銀杏につけた白旗を天狗共が取って回るのを防ぐ役目を言いつけている」

兵衛は「うむ」と頷いた。

「そういう事ならあい分かった。……それにしても銀杏に布をつけていたのは龍水どのだったのか、俺はまた妖しの仕業かと思ったぞ」

「まあな。……そういう訳で、今、他に融通のきく式神がいないのだ」

「式神にも融通がきくのと、そうでないのがいるのか？」

「性根の入った本体があるような式神は、人のように物を考え、臨機応変に立ち回ることが出来る。しかし本体を持たぬ式神は、言われたことをやるだけの木偶《でく》人形……何かある度、主人に指示を仰がねば動けん。それでは護衛にならぬからな」

成程、と頷きかけた兵衛だったが、はたと法眼を見た。

「おっ、おい、まさか俺の式神はその木偶人形の方ではないだろうな」

法眼は涼しい顔で立ち上がり、水鳴太夫に一言、二言、話しかけている。

水鳴はむくれ顔のまま頷き、すたすたと歩いて庭へ出た。


――そうして兵衛は水鳴と共に、京への旅に出ることとなった。

11

担《か》ぎ桑折《くわおり》を背負い、兵衛は馬を駆っていた。

周囲の景色が矢のごとく流れていく。不思議な事に、振動というものがない。馬が走っているというより、氷の上を滑っているようだ。

「なんとも不思議だ、陰陽師はこのような馬に乗るのか……」

呟いて、水鳴を見た。

水鳴の馬は、影のようにぴったりと横に並んでいる。

水鳴は一言も喋《しゃべ》らず、ぼんやり前方を眺めている。馬の背に横乗りし、両足をぶらつかせ、手綱すら持っていない。

よくぞそれで落ちぬものだと兵衛は感心した。

「気になっていることがあるのだが、訊ねてもいいか?」

「なんじゃ?」

水鳴がキツイ声で答えた。

「『銀杏につけた白旗を天狗共が取って回る』と、龍水どのが言ってたが、どういう意味なのだ?」

「ああ、『風鎮《しず》めの祈り』のことか」

「風鎮め？」

「そろそろ台風の季節だろう。風が稲の穂をなぎ倒さないよう祈っておるのじゃ。今年は冷夏と長雨で農作物に大きな被害が出た。その上、強い台風が来れば、庶民の暮らしが立ちゆかなくなる。米の税が入ってこぬと御家人達の気持ちも荒れて、争いごとが多くなる。何れにしても宜《よろ》しくないと、龍水が心配してな」

「それが銀杏の木の旗とどう関係があるんだ？」

水鳴は退屈そうに欠伸《あくび》をして、

「秋というのは『木火土金水《もつかどごんすい》』の五気のうち『金気』に属する季節。しかも文月《ふづき》が孟秋《もうしゆう》、葉月が仲秋《ちゆうしゆう》、長月《ながつき》が季秋《きしゆう》であるから、葉月は秋の真中、正位《せいい》、つまり金気の正位の月ということになる。要するに、金の気が一番強い時なのじゃ。

台風の風は伸び縮みする、これは曲直《きよくちよく》の質を持った木気に還元される。即《すなわ》ち風は『木気』。五行では『金剋木』、すなわち、金は木の勢いを弱める。だから、金気の最も強いこの葉月が、呪にはもってこいなのじゃ。それで龍水は長雨以来、十三になる娘が織った麻布の旗を、鎌倉の遠近《おちこち》に立つ高い銀杏の木の上に取り付けておいたのじゃ」

ちんぷんかんぷんだ。兵衛は頭を捻った。

「つまり、それはどういう意味だ？」

水鳴はつくづく呆れた声で答えた。

「分からぬ男だな……本当は年寄りの爺のくせに、それ位の見当もつかんのか。布というのは『木気』じゃから、『風』の代用になる。十三の娘は『金気』を帯びている。銀杏は秋が来て堅い実を結ぶから、『金気』の強い樹木。

つまり、布旗という『風』が『金気の娘に織られ』、葉月という『金気のもっとも強い時に』、『金気の樹木に掲げられて』おるわけじゃ。そこで風の勢いは日々、弱められていく訳よ。

これに一番、立腹しているのは牛頭《ごず》天皇だろうな。なにしろ奴の本性は嵐神。恐らく奴が牛若に命じたので、鞍馬の天狗共が出動し、旗を取ろうと躍起になっておるのだ」

「おお成程、よく分かったぞ。……それにしても水鳴どのは常にも増して口が悪い。機嫌がよくないのか？」

「別に」

水鳴はぶっきら棒に言った。

「いいや、機嫌が悪い。俺がいくら鈍だとて、その位は分かる。勿論、気持ちは分からぬでもないぞ、なにしろ龍水どのの京の女房に土産を届けに行くのだからな……。龍水どのも人が悪い、せめて誰か別の者を遣いに出せば良いものを……」

「兵衛、お前、何か勘違いしてないか？　龍水にまろ達以外の女房など居はせぬわ」

「しかし、龍水どのは『女だ』と言ったぞ」

「『のようなものだ』と言うたのじゃ。まろ達が向かっておるのは、龍水の母者の邸よ」

「ああ、なんだ、そうか、そうか。『女のようなもの』などと言って、俺を担いだのだな」

兵衛が声も高らかに笑うと、水鳴は兵衛をきっと睨《にら》んだ。

「何が可笑しい。その母者は、赤ん坊の龍水を川に流し捨てたのだぞ」

兵衛は、はたと笑いを止め、真剣な顔をした。

「……そんな事情があったのか……俺は知らなかった」

水鳴は怒り混じりの溜息を吐いた。

「こんな物を届けても、どうせあの女には何も分かりはせぬ。龍水を産んだ事で賀茂から離縁され、すっかり正気を失っておるのじゃ。……それなのに龍水は、毎年、毎年、この季節になると、女々しくも土産を届けるのじゃ。お前、その意味が分かるか？」

水鳴が険しい顔で兵衛を睨んだ。兵衛は弱り果てて、

「さあ……分からぬ」

「『田も黄金になっている』と龍水が言うたろうが。つまり『田の実（頼み）が実る（成就する）』という意図を含ませたのじゃ」

「そうか……。どんな母でも母だからな」

兵衛がしんみりと言うと、水鳴はフンと鼻を鳴らした。

「まろには理解できん。自分を捨てた母など、母でも何でもないではないか」

「そうは言うがな、水鳴どの。もしそなたが母御に捨てられたとしても、母御を恨めるものか」

「さあ、さっぱり分からぬ、まろに親はおらんからな。物心ついた時には、白拍子の姉様方に囲まれて雅楽寮《ががくりよう》におったのじゃ」

兵衛は大汗をかいて、がばりと頭を下げた。

「そっ、それは済まぬことを言った」

「別に済まぬことなどないわ。親などなくとも、まろは平気じゃ」

水鳴は、まだあれこれとつたない言い訳をしている兵衛を無視して物思った。

土産が石榴《ざくろ》であることの意味を……。


石榴は鬼子母神《きしぼじん》に供える果実である。

鬼子母神はその昔、人の子を攫《さら》って食べる悪鬼であった。これを改心させようとした釈迦《しやか》如来は、鬼子母神が最も可愛がっていた末娘を攫ってしまったという。

大事な娘を失った鬼子母神は嘆き悲しみ、それで子を失う親の気持ちを知ったので、以来、子供を食べなくなった。

そこで、『どうしても食べたくなった時には、代わりにこれを食べなさい』と与えられたのが、石榴なのだ。石榴の実は人肉の味に似ているという……。


龍水は、子を失った悲しみを母親の心に取り戻させたいのだろうか？

それとも、鬼のような親め、と詰《なじ》りたいのだろうか？

愛か憎か——何れにせよ、それは情から出たものだ。水鳴はその事を考えると、無性にイライラする。

何故そうなるかは、自分でも分かっている。『子』とか『母』とか、そういった『情』の問題に関しては、何かと理解できない事が多いからだ。

だからかも知れないが、水鳴には『愛』という感情もまた、理解しがたいものだった。

龍水のことは好きだが、水鳴の『好き』は、二人の姉達のような『好き』ではない。

寝屋での睦言にも興味はない。

姉達は、『もうそろそろ、そういう事に興味を持ってもよい頃なのに』と責めるが、彼女には今のままで何が悪いのか分からない。でもどうやら、それではいけないらしい。

こんなことが続けば、龍水に嫌われてしまうと姉達は心配する。それは水鳴にしても嫌だが、ではどうしたら自然にそうなれるのか。

——あれやこれやと考えてここ数日、水鳴はジレンマに陥っていたのである。

娘心の悩みに、水鳴が浮かぬ顔で旅を続けていた頃——。

人払いをした頼朝の寝所に、頼朝、梶原景時、その息子・景季《かげすえ》が集っていた。

梶原景季は三十六歳。細い顎と高い鷲鼻《わしばな》などは父親に似ていたが、体つきはがっしりと逞しげである。その表情も、父ほど険しくはない。景季もまた頼朝に無二の信頼を置かれており、頼朝の寝所舎人《とねり》を務めていた。

「いよいよ明後日は例の会議でございますな、大殿」

景時が言った。

「入内に関するわしの対応が不満だと、御家人達が申しておるのか……？」

頼朝は肘当《ひじあて》に凭《もた》れつつ、うんざりした顔で問うた。

「はい、左様でございます。大殿が先の清盛入道の如くになられるのでは、と疑念を抱く者もあります る。大殿がこの鎌倉を見捨てるのではないか……と」

景季が低い声で答えた。頼朝は浮かぬ顔で景季を見た。

「それで？」

「はい、滞《とどこお》っております大田文の件を再び大殿に確認し、着手の御命を頂こうと」

頼朝は眉間に深い縦皺を寄せ、暫く黙っていた。ふと景時に向かって、

「三善は何か言っていたか？　兼実どのの事などは」

「三善どのも、大田文の推進には意欲的なご様子ですな。この発案が通れば顔も立ちましょうし。兼実どのについては、直接には何も……。最近呼び寄せた兼実どのの甥を中心に、寺の建立を進めて行きたいご様子。政子どのがこれを擁護しておられますのでな」

景時は二階堂の言葉など、自分に都合の悪い話は頼朝に伝えなかった。

「そうか……」

頼朝は青白い顔で溜息をついた。

「わしは、御家人達と一体であることを示す為に、東武士である北条の政子を正室として通しておるのだ……。結局、わし自身は貴種の女と結ぶこともなく、息子も源氏外戚の比企に嫁がせた。そこまでしておるのだぞ、娘の入内ぐらい構わんだろうに……」

「大殿、大田文の一件は了承なされた方が宜しいですぞ。それに三幡様は十三歳、まだ時間はございます。折を見れば、大殿にも御側室を持てる日があるやも……」

「わかった、わかった」

頼朝がいい加減な返答をする。梶原親子は顔を見合わせた。

「大殿、三幡様の入内を急がれても、良い事はございません……。北条どのが乗り気であれば別の動きも出来ますが、時政どのも政子どのもそうではございません」

「しかし、わしには他に娘がおらぬのだ……。その悔しさは娘を持たぬお主にも分かるだろう。女であれば、多少は身分が低くとも、公家や帝の寵姫になれもする。それは女にしか出来ん芸当なのだ。だからこそな、息子は武士の家にもやる。だが娘は……京へやりたいのだ」

景時はぎらり、と冷たい視線で頼朝を射た。

「三幡様は、我が梶原に頂けませぬか。権五郎どのとの約束がございましょう?」

頼朝は八幡宮での行列を思い出し、一瞬、ぎくりとした。確かにその約束もある。最初の旗揚げの際には景時に命を救われた恩もある。

「だがのう、景時……」

頼朝は憂い顔で、鼻髭をちょいと摘んで撫でた。

「無論わしとて、梶原との縁故をいかに強めるか、日々悩んでおる。……だが、分かるだろう？　権五郎どのの約束を理由とすれば、お前の一族には、鎌倉権五郎直系の鎌倉氏もいる、鎌倉党本来の頭首筋たる大庭氏もいる、大豪族の三浦氏もいる……。

景時、お主がいくら侍所《さむらいどころ》所司《しょし》と厩別当《うまやべっとう》を兼ねる鎌倉の要人、『鎌倉本体の武士』と讃《たた》えられようと、また、お主が実質的に鎌倉党を率いておろうと、やはり理屈の筋では鎌倉、家筋ならば大庭、勢力なら三浦……。梶原はどうにも最後になる定め。それをどうして皆に納得させられようぞ。

のう景時よ、せめてお主に娘がいて、大豪族との間に女子でも産んでおれば、千幡（実朝）の正室に迎える事もできように……。それについてはお前も悪いぞ。だからな、もう少し時間をかけて画策せねばどうしようもない」

景時はぐっと拳を握りしめた。確かに頼朝のいうことは筋が通っている。

なにゆえ、娘に恵まれなかったのか、

血筋を上げる為には娘が必要だというこの大事に……

今の梶原には、大庭にも三浦にも負けぬ血が必要なのだ。

もともと梶原一族は、情報収集と分析に長けていた。京の事情も当然、耳に入る。

かつて奢《おご》る平氏が後白河院に嫌われ、京人からも疎《うと》まれていたのを知った景時は、『頼朝を討つ』と主張する大庭景親《かげちか》の目を盗み、その兄の景能と三浦義澄を頼朝側に引き込んだのだ。

いわば、梶原景時こそが、幕府の陰の功労者なのである。

また密偵を自在に使い、策を弄《ろう》して御家人達の謀反《むほん》から頼朝を守ってきたのも景時だ。

それは鎌倉権五郎を信奉する景時が、鎌倉権五郎との約束を果たし、鎌倉一族の真の復興の為に、聖地・鎌倉を取り戻すという理想があるからこそなのだ。

これまで頼朝の影として働いてきた景時だったが、三幡を貰えぬならば、次の手を考えねばならない、と焦り始めていた。

景季はそんな父の心情を汲み、申し訳なげにその横顔を窺い見た。

12

赤々とした夕日の残光が鱗雲《うろこぐも》に映っている。

北西の空低く北斗七星が輝き始め、雁《かり》の群が連なり飛んで行く。

辺りは一面のススキ野原だ。枯れ色の草原の中に、所々帯紫色の小穂《しょうすい》が生《な》っている。

荒涼とした風が頬を撫で、通り過ぎた……。

静かすぎる……。風の音も虫の音も、野に吸い込まれていくようだ。

「本当にこのようなところに京の都があるのか？」

兵衛は不安そうに訊ねた。

「お前、誰に物を訊ねておる。まろが生まれ育った場所を見忘れると思うのか！」

「しっ、しかし……」

「何を目を白黒させておるのじゃ、山だらけのど田舎から来た癖に、失礼な。ほうれ見ろ、言うてる間に見えてきたわ」

水鳴が前方を指差した。ススキの波間に、都の門と外塀が見えている。

「あれが都か……」

だが、近付くにつれ、兵衛はますます訝しい顔になった。

やがて羅城門《らしょうもん》を目前にした兵衛は息を呑んだ。

二重閣七間の巨大門である。

だが、建物を支える柱の朱は色褪《いろあ》せ、所々に朽木色が覗いていた。巨大な五つ扉も輝きを失い、無惨な斑《まだら》模様を描いている。

屋根の瓦は破れ、内部の柱が剝き出しになっていた。両翼に擁した鴟尾《しび》にも、既に翡翠色《ひすいいろ》の輝きはない。

かつて『西方浄土の極楽門』と讃えられた絢爛豪華《けんらんごうか》な都の正門は、今や廃墟同然であった。幾度もの天災や戦禍に巻き込まれていく内に、荒れ果て寂れ、いつしか修理する者もなくなったのである。

逢魔《おうま》が時《とき》の不可思議な光の中で、その姿は今にも揺らぎ掠《かす》れて消え絶えそうだった。

門番はたった一人。水鳴の顔を見ると物言わぬままに通れと合図する。

内に入ると、朱雀大路《すざくおおじ》に出る。鎌倉の若宮大路より少しばかり狭いが、二十八丈《じょう》という平安《へいあん》京《きょう》の大動脈が、大内裏《だいだいり》に向かって真直線に延びているのだ。

「おお、なにやら鎌倉に似ているな」

嬉しそうに言った兵衛を、水鳴はきっ、と睨んだ。

「阿呆め、鎌倉が京を手本にして造られたのじゃ。よく見ろ、鎌倉は裏通りが入り組んでごちゃごちゃしておるが、京は脇道も美しいだろう」

平安京の造りは、東西南北に大路が交差する碁盤目《ごばんめ》状になっている。

羅城門から真っ直ぐ北へ延びるのは朱雀大路。それに対して東西に交差するのが、南から順に、九条大路、八条、七条、六条、五条、四条、三条、二条とあって大内裏に至る。

大内裏の脇道に中御門《なかみかど》大路と土御門《つちみかど》大路があり、大内裏の裏が一条大路となる。

南北の通りは、西から向かって西京極、木辻《きつじ》、道祖、西大宮、朱雀、東大宮、西洞院《にしのとういん》、東洞《ひがしのとう》院《いん》、東京極《ひがしきょうごく》大路。

「鎌倉はまだ道の整備もなっておらんじゃろうが」

「おい、そう嚙みつかずとも良いだろう」

二人は宵闇の朱雀大路を進んだ。

暫くすると、両脇に東寺《とうじ》、西寺《さいじ》の伽藍《がらん》が現われる。

ところが、その塀沿いに屯《たむろ》する乞食の多さたるや凄《すさ》まじい数だ。兵衛は仰天した。

「こっ、これは酷い……由比ヶ浜の辺りにも乞食は多いが、これ程には……」

不具者から疫病病《や》みまで有象無象《うぞうむぞう》に入り交じった乞食達は、兵衛と水鳴に向かってゆらゆらと手を差し出した。

「なんと哀れな」

「無視しろよ、兵衛。一人にでも何かやると、後がしつこいぞ」

水鳴は冷たく言うと、暗い空を見上げた。

「今日はもう遅い。届け物は明日にして、一条に行こう」

水鳴が馬足を早める。

「おっ、おう……」

兵衛は赤ん坊を抱いた女物乞いの姿を振り返りつつ、水鳴に従った。


京の都は、六条辺りまでが庶民の生活場、即ち町屋である。

鎌倉に比べると、その家々の大きさ、高さなどが一様で、やはり整然とした印象がある。まるで一棟の長屋のようだ。

家同士は軒を接して建ち並び、屋根は切妻造《きりづまづく》りで板を葺《ふ》いていた。壁は網代《あじろ》で、戸口は板戸だ。道路に向かって蔀《しとみ》を吊した窓から、道行くのは何者かという表情で、時折、人々が顔を覗かせる。

夜だと言うのに、道行く人が絶えない。

烏帽子に水干《すいかん》、裸足《はだし》という町人達が、ざわめきながら行き交っている。

大小様々な一団が、あちらの辻、こちらの辻から現われては足早に消えていく。かと思うと、遠くで悲鳴が聞こえたりする。

今宵は新月。月明かりのない夜道は暗い。

緊張の視線で様子を窺っていた兵衛は、水鳴に馬を並ばせた。

「どうしたんだろう、物々しいな……。今日は何かあるのかな？」

水鳴は怪訝《けげん》な顔で兵衛を見た。

「お前、何を言っておる。ここは京じゃぞ。この時間ならば、町人共が夜市や遊女邸へ繰り出しておるのじゃろう。そろそろ夜盗《やとう》も出る頃ゆえ、気をつけろよ」

「なんとも騒がしいと言うか物騒と言うか……これが毎夜のことなのか……」

さすが都だと感心して人の流れを見ていると、ひとつ気づいたことがある。人々は皆、朱雀通りから東へと向かっているのだ。西に行く者は殆《ほとん》どいない。

兵衛は首を傾《かし》げた。

「のう、水鳴どの。西には人の往来がないようだが？」

「ああ、西には人が殆ど住んでおらんからな」

「どうしてだ？　鎌倉では西の方に人が多いぞ」

「京という土地はな、北東に高く南西に低い。土地が低いと湿気が多い。それでいつしか西から人が減り、東に住むようになったのじゃ。今では、西は町並みも歯抜けで、空き地には葱《ねぎ》ばかり植わっておる」

「なんと、都だというのにそんな事が……」

「だいたいな、菅公《かんこう》（菅原道真《すがわらのみちざね》）がしつこく内裏に雷を落として燃やすものじゃから、その度に帝は内裏を出て別邸で政《まつりごと》をする羽目になったのじゃ。雷除けに霊験《れいげん》ありと言われる『賀茂《かも》別雷神《わけいかづちのかみ》』、即ち賀茂社の方へ移ったりな。

京の中心たる帝が東に移れば、自然に上位の公家達も東に住むようになるだろう。だから西を取り残して東へ、東へと広がっていったのよ。最早《もはや》、四神相応《しじんそうおう》の都市設計もへったくれもない有様じゃ。賑わいの中心は鴨川《かもがわ》沿いの河原町まで東へ移っておるし、北の果ては北野《きたの》を越えておる。こうまで気の流れが狂っては、京の都ももう長くはないな……」

水鳴は無念そうに唇を噛んだ。

「待て待て、『四神相応の地』という言葉は、以前にも聞いたことがあるぞ……。大殿が鎌倉を武士の都として選ばれたのも、鎌倉が『四神相応の地』だからと聞いた。で、一体、それはどういう意味なのだ？」

水鳴は五月蠅《うるさ》いな、という顔で兵衛を見たが、凛とした口調で話し始めた。

「都というものはな、強い生気の吹き出す『龍穴《りゅうけつ》』という土地に造られる。その穴は東西北を山に囲まれ、南に蛇行する川がある地がよいとされるのじゃ。四神というのは、東西南北を守護する方位の神。龍穴の四方にある神と気を、東は『青龍《せいりゅう》』、西は『白虎《びゃっこ》』、南は『朱雀《すざく》』、北は『玄武《げんぶ》』という霊獣で現わす」

水鳴は北方に連なる山脈の頂《いただき》を指差した。

山々は、闇の中で一層黒々と不気味に聳《そび》えている。

「平安京の場合、北の玄武は、あの山脈にある貴船山。貴船山から来る気は、内裏のすぐ後ろにある船岡山《ふなおかやま》に伝えられ、大内裏で止まって龍穴を造るという理想的な玄武なのじゃ。東の青龍は大文字山《だいもんじやま》、その気は稲荷山《いなりやま》を経て伏見《ふしみ》の醍醐寺《だいごじ》に下っておる。西の白虎は嵐山《あらしやま》を主とする山岳地帯となって南下し、先の都であった長岡京《ながおかきょう》で止まる。また朱雀の気は、東の鴨川、西の桂川《かつらがわ》に乗って流れ、京の南で淀川《よどがわ》へと流れ込む。――まさに絵に描いたような吉地なのよ」

兵衛は感心しつつも、首を捻った。

「しかしだ、もし京がそのように理想的な吉地であったとしたら、何故荒《すさ》むことがある」

「それはな、内部からの気の乱れが原因じゃ」

「内部からの？」

水鳴は強く頷いた。

「霊的な設計には、意外な落とし穴がある。霊気を正しく受ける器を造れば、確かに強力な都ができる。ところがだ、そうして一旦受け皿を造ると、今度は逆に、受け皿自体がその外側の霊気にも影響を与え始める。そこに人の技の限界があるのじゃ」

「そういうものか……」

「兵衛、以前に龍水から『返し風』の話を聞いたろう？」

「ああ、そのことならよく分かっているぞ」

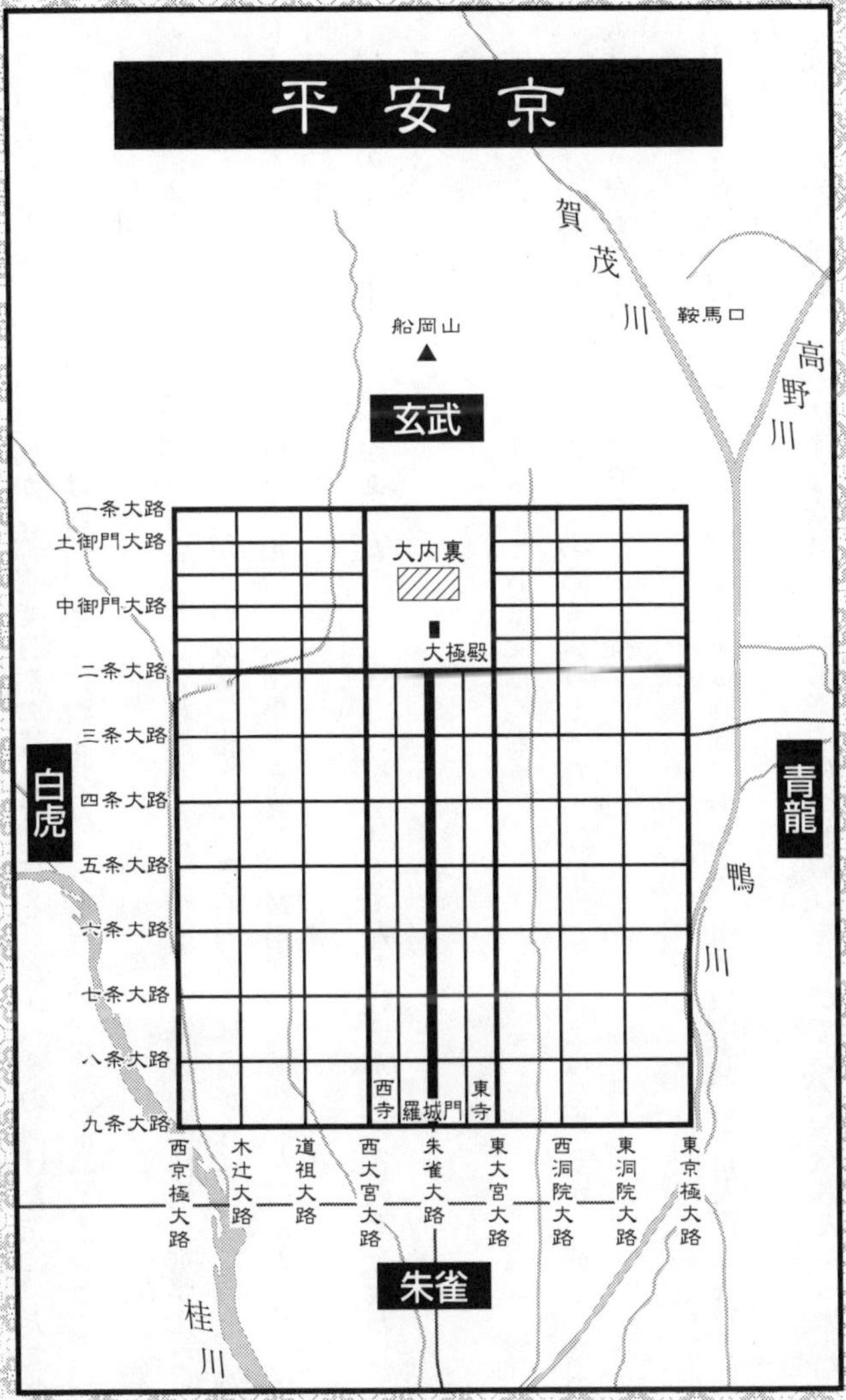
平安京
賀茂川
鞍馬口
高野川
船岡山
玄武
一条大路
土御門大路
中御門大路
二条大路
三条大路
四条大路
五条大路
六条大路
七条大路
八条大路
九条大路
大内裏
大極殿
白虎
青龍
鴨川
西寺
羅城門
東寺
西京極大路
木辻大路
道祖大路
西大宮大路
朱雀大路
東大宮大路
西洞院大路
東洞院大路
東京極大路
朱雀
桂川

「それと同じじゃ。一介の人間が、都合で自然の流れを曲げる。だが、その曲げた先に、大きな災いが生じるか否か、それまでは判別できん。つまりは、人も呪も、『塞翁《さいおう》が馬《うま》』なのじゃ」

水鳴は熱い吐息をついた。

「王都の風水というのはな、都城も含む地勢全体を考える。つまり、都の内部構造も重要になってくるのじゃ。いいか、北の大内裏が北の玄武に相当し、その内の大極殿《だいごくでん》が穴になっていた。次に左京と右京が青龍と白虎の役目を担って大内裏を守護し、最南門の羅城門の左右に置かれた楼閣が朱雀になるのじゃ。

羅城門の左右に東寺と西寺があったろう、これは門を挟んで左右に広がる朱雀の羽を現わしておるのじゃ」

「ううむ、成程」

呻吟する兵衛を見て、水鳴はふっと小悪魔的に笑った。

「その様子では、今ひとつ分かっておらんようじゃな。では、こう言えば分かるか。都を一個の人体のようなものだと想像してみよ」

「人体？」

「大内裏を頭部と思え。すれば、右京と左京は両腕にあたる。南北の中心、朱雀大路は気管。京内の水道は血の道だ。

北の玄武から供給された清浄な空気は、南に下るにつれ穢《けが》れを帯びていく。穢れた気は朱雀大路を南へ下り、一旦羅城門に捕らわれ、鴨川の流れと共に都の外へ排出される。……この仕組みが上手く行っておれば、都には常に清浄な気が供給され、老廃物は排出され、災いなど起こらぬ筈だった……」

「『だった』とは……。今は、上手くいってないのか？」

「京と大内裏に清浄な気を供給するはずの玄武を怒らせては、上手くいく筈もなかろうが。その為に、朱雀の浄化機能までもが無くなってしまった」

「『玄武を怒らせた』とは、一体、何があったんだ？」

「災《わざわ》いは、陰陽寮の内にありよ」

水鳴は声に怒りを滲ませた。

「ちょっと待ってくれ、陰陽寮というのは、都を災いから守るためにあるのではないのか？」

「いや違う。都を災いから護る筈の物が、災いの元凶になっておるのじゃ。そのうち、お前にも分かる。龍水が何故、一介の巷陰陽師の長などに納まっておるのかも……」

「回りくどい言い方は止めてくれ、一体、何があったんだ？」

「まろが説明するより、見た方が早い」

水鳴は言い、六条大路を西へ入った。兵衛も後を追った。

13

漆黒の空に、西寺の重厚な塔が聳えている。

暫く進むと、市の賑わいが前方に見えてきた。

八百屋、魚屋、菓子を売る店、焼き物、骨董《こっとう》、弓矢を売る店などが所狭しと並んでいる。店先で闘鶏をしているのもある。大層な人混みだ。

「これは凄い、何でも揃《そろ》っているな」

感嘆した兵衛であったが、

「左に折れるぞ」

水鳴は東大宮大路に入って行く。

喧噪《けんそう》がみるみる遠ざかる。

道の両脇には裏寂《うらさび》れた寝殿造《しんでんづく》りの屋敷が建ち並んでいた。

「この辺りにも、あまり人が住んでいないようだな」

兵衛は鬱蒼《うっそう》と樹木の茂った屋敷の庭を覗いた。

「気をつけろよ、中には化け物屋敷もあるぞ」

水鳴がからかう様に言う。兵衛は慌てて門前から馬を離した。

「俺は、京都というのはこう……もっと煌々《きらきら》とした所だと思っていたが、色々あるのだなあ」

「当たり前じゃ。まあ、公達《きんだち》が住んでおるのは、主に四条から上じゃな」

水鳴はふと懐かしげな表情を浮かべた。

やがて四条から三条に差し掛かる頃、前方から数台の牛車がやって来た。大勢の足音と火が見え、先払いの声が響いてくる。

水鳴は馬足を止めた。

「やれ、面倒な。脇道に入ってやり過ごそう」

「随分大層な一行だな、余程お偉い方なのだろうか」

「さあな、今日は夜行日だから百鬼やも知れん」

「おっ、鬼なのか？」

「どっちも変わらん、いずれ面倒じゃ、さあ早く」

二人は脇道に入り、暗闇で息を潜めた、
牛車がゆっくりと目前を通り過ぎていく。松明に照らされた従者の顔は、普通の人間のようだ。

『良かった、これは人間だろう？』

兵衛が小声で訊ねる。

水鳴は、牛車に描かれた菊模様を見つめている。

『菊紋の糸毛車《いとげくるま》か……』

従者の中に尼姿《あま》の老婆がいる。尼僧《にそう》の姿を水鳴はじっと見つめた。

真っ白な眉をしているが、老婆というには、皺が少ない。若い尼のようにも見えるが、そうとも言い切れない——年齢不詳の不思議な容貌だ。

『菊紋と言えば、上皇が好んでおる紋じゃ』

『ということは、あれは後鳥羽上皇様なのか』

兵衛は冷や汗をかいた。

『いや。恐らくその後見人、丹後局《たんごのつぼね》だろう。局は何処からか妖しい尼を連れて来て、重用しておると聞く……それがあの尼だろう。まろは初めて見たな』

『丹後局様というと、大殿に煮え湯を呑ませたという女御《にょうご》か』

『ああ、大変な雌狐《めぎつね》じゃ。あれの名は、高階栄子《たかしなえいし》。元は後白河の近臣・平業房《なりふさ》の妻だったが、後白河の寵愛を得て娘を儲けよった。後に遺領として百か所以上の膨大な荘園群を拝領し、それらを武器に政界で活躍しておるのよ。わずか三歳だった後鳥羽を帝に推したのも丹後局、今も後鳥羽と怪しい仲という噂じゃ。今や飛ぶ鳥を落とす勢いよ。……あの食わせ物の後白河を骨抜きにしたほどの美貌だと言うが、まさに傾城《けいせい》の美女《びじょ》とはこのことよのう』

『しかし……ならば、もうかなりの年齢ではないのか？』

『うむ、四十以上の筈だ』

『四十！　老婆ではないか……上皇様より二十以上年上だぞ』

『まあな、世で四十歳と言えば、九十九髪《つくもがみ》にもなる年じゃ。しかしな、あの女、年を取らぬという噂じゃ。去年、あれに呼ばれて今様《いまよう》をやった仲間の話では、髪も黒々とし、皺もなく、二十歳の女御のようであったとか』

『まさか……』

水鳴はひっそりと笑った。

『そこに秘密があるらしい』

『秘密？』

『さっきの尼、恐らく不二尼《ふじのあま》という者。あやつが不思議な丸薬を造るそうじゃ』

『丸薬？　それがどうしたのだ』

『それがな、不老不死の丸薬という噂じゃ』

『なんと、京にはあれこれ妖しの輩《やから》が往来しているものだな……』

兵衛がしきりに呻吟している間に、牛車は通り過ぎた。

二人は東大宮大路に戻り、再び北へと歩《ほ》を進めた。二条に入ると、随分と立派な屋敷が建ち並んでいる。

やがて右手に神泉苑《しんせんえん》が現われた。唐風の建物が並ぶ庭園である。宮内の祈雨や、御霊会が行なわれる場所で、災いを都から放逐する通路の一部として浄化装置の役割を果たしていたが、今では野生の猪が繁殖して樹木も伸び放題になっている。

「見ろ……この通り荒れ放題じゃ」

水鳴が溜息を吐いた。

「ど、どういう意味だ？」

「説明は後じゃ。それよりこの先は気をつけて進め、もうすぐ『あははの辻』じゃぞ」

水鳴は馬足を緩めた。


東大宮と二条大路の交差点、二条大宮の辻を『あははの辻』と呼ぶ。

「あはは」は、「逢う」の意と「今《いま》はの際《きわ》」の「は」の接続したものとも言われている。『あははの辻』とは、得体の知れない者に出会って、『あはは』と驚嘆する、怪異の名所なのである。

其処は、陰陽師が管轄する場所で、さまざまな呪を施行する呪術空間であった。


ゆっくり馬が進んでいくと、早速妖しげな人影が道ばたに蹲《うずくま》り、ボロンボロン、ボロンボロンと、不気味な呪文を唱えていた。
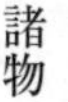《ボロン》とは梵字《ぼんじ》で諸物一切を現わす一文字である。
蹲っていたのは、修験者だ。

頭巾《ずきん》をつけ、髭はぼうぼう。地面に穴を掘って土瓶を埋め、その中に和紙のようなものを捻《ひね》っては入れ、捻っては入れ、を繰り返す。その度に印を切り、呪言を呟いた。

橋の下の菖蒲《しょうぶ》は誰が植えた菖蒲ぞ、
折れども折られず、刈れども刈られず、
ぼろんぼろん、ぼろんぼろん、
ぼろんぼろん、ぼろんぼろん、

生暖かい風が通り過ぎた。兵衛は目を見張った。

「奴は何者だ、ここで何をしている」

水鳴は鼻眼鏡を取り出してかけ、目を細めて修行僧を見た。

「見ぬ面だな、京内の陰陽師ではない筈だ。あの格好は鞍馬か、貴船の何れかだろう。どこぞの公家がこっそり雇ったに違いない。外道の式打ちめ、質《たち》の悪い呪詛返しを使いよる」

「質が悪い？」

「ああ、最低じゃ」


——ここで水鳴太夫に代わって、修験者の密呪の意味を解釈してみよう。

まず、『橋の下の菖蒲』とは何だろうか？

菖蒲と言えば、水辺の泥地に群生する、かの夏花である。

昔、菖蒲はその独特の香気から『邪気を払う効果』があると考えられた。

病気にならぬよう矢羽形に切って髪に挿《さ》したり、鉢巻《はちまき》のように頭に結んだり、腰に巻いたりして祝っていたものである。

またショウブの根を刻んで酒に漬けた菖蒲酒（あやめ酒）を飲んだり、ショウブとヨモギを入れた風呂《ふろ》に入ると『健康を保てる』などともいう。

五月五日の『端午《たんご》の節句』は別名『菖蒲の節句』と言われ、菖蒲とヨモギ（またはカヤ）を束ねて軒に挿すことも全国的に行なわれている。菖蒲で屋根を葺き、田植に先だって忌《い》み籠《ごも》りをする故事に倣ったものだろう。

また、山姥《やまうば》に追われた人が菖蒲の生えている所に逃げ込んで助かった話も有名だ。

蛇の子を宿した女性が菖蒲湯につかって堕胎《おろ》したなどという「蛇婿入り」という話もある。

——では『邪気を払う』筈の菖蒲が、何故、呪の言葉に用いられているのだろうか。

実は、この修験者が瓶に入れている和紙は、浄《きよ》め祓《はら》いに用いられた人形《ひとがた》や、陰陽師達が橋の下に貼ったまま処理し忘れた式神《しきがみ》の札である。

それらを修験者の隠語で『橋の下の菖蒲』と言う。

つまり、元は邪気を祓う目的で用いられた式の残骸が『橋の下の菖蒲』なのであり、それは即ち祓った邪気や穢れが封じ込められている代物だ。

用が済んだ後、橋の下に忘れ去られた式神は、年月を経るうち、封印された恨み辛みが魂魄《こんぱく》にまで育ち、鬼に成長することさえある。

修験者は、そうした式神の人形を幾つも集めて、瓶の内に入れ、これに『折れども折られず、刈れども刈られず』と、大祓《おおはらえ》の反呪で縛っているのだ。

最強の祝詞《のりと》である大祓では、罪穢れを『もと刈り断ち、末刈り切り』の呪文で祓い浄めるが、その穢れを『折れども折られず、刈れども刈られず』と定義してしまえば、呪い返しの効かない呪となってしまう。

――誰かが、余程《よほど》の恨みを持って呪殺でもしようとしているのだろう。

「お前、何者だ！　ここは陰陽寮の管轄地だぞ」

水鳴の鋭い声に、修験者は痺れたような舌打ちをして振り返った。兵衛が馬から飛び降り、するりと太刀を抜く。

「ええい、邪魔をしよって！」

修験者は腕覚えのあるものと見て、背負った槍《やり》を抜刀し、つかつかと歩いてきた。もの凄い気合いと殺気である。

兵衛の全身に、ざっと戦慄《せんりつ》が走る。

「きえーっ！」

槍が、月光のごとき白銀の弧《こ》を描いて兵衛に襲いかかった。

兵衛は力任せにそれを打ち返す。

火花が散り、鋼が相打つ音が響いた。兵衛が少し蹌踉《よろ》めいた隙に、修験者は後ろにとびすさりつつ、懐から丸い玉のようなものを出して、兵衛の顔めがけて投げつけた。

ぱっと、白い粉が広がり、兵衛の目や鼻に入った。たちまち、ぴりぴりと痛みを覚え、兵衛が思わず目を閉じる。

——しまった、目潰《めつぶ》しの胡椒玉《こしようだま》じゃ！

足掻《あが》く兵衛に再び討ってかかろうとする修験者に、水鳴が短刀を投げつける。

「かっ、ちょこざいな」

修験者は短刀を打ち返し、鬼神のごとき形相で水鳴ににじりよる。

その時、何処からともなく一匹の猫が飛び出し、修験者の顔をばりばりと引っ掻いたから堪《たま》らない。

「ぐわっ」

修験者の口からひび割れたような声が漏れた。猫は敏捷《びんしよう》に飛び去る。

「兵衛ッ、そのまま真っ直ぐに突け！」

水鳴の声に、兵衛は刀を下手にしっかりと握り、突進した。兵衛の刀が、修験者の背中にぐずりと刺さる。血飛沫《ちしぶき》が吹き出し、修験者は自らの埋めた土瓶の上にどっと崩れ落ちた。

「くうっ、不覚をとった……」

修験者は、ぎらぎらと憎しみの籠った眼で兵衛を睨み付けていたが、己れの血が瓶の中へ土へと染《し》みこんでいくのを見て薄ら笑いを浮かべた。

橋の下の菖蒲は誰が植えた菖蒲ぞ、
折れども折られず、刈れども刈られず、
ぼろんぼろん、ぼろんぼろん、
ぼろんぼろん、ぼろんぼろん、
我が血を吸って、
育てよ育て、伸びろよ伸びろ、

――ちいっ、面倒な……

水鳴は眉を顰《ひそ》めた。

兵衛は袂《たもと》で目をこすり、ようやく視界を取り戻した。

修験者が命尽きると共に、瓶から妖しい煙が立ち昇る。忽《たちま》ち辺りは霧のようなもので真っ白に燻《くすぶ》った。

「な、何が起こったのだ……」

兵衛が戸惑った。

「怨念の籠った修験者の血が、呪を完成させたのじゃ……」

水鳴は、胡椒と白煙で曇った眼鏡を外し、そっと袂で顔を隠した。

暫くすると、ざわざわと人の話し声のようなものが聞こえきた。


(おや、何事だ、人がいるぞ)

(女だ、女だ)

(よせよせ、あれは鬼一法眼の女房だ)

(それは不味《まず》い、無視しろ、無視しろ)

(時に我らはどこへ行く?)

(栄子と通親めの邸《やしき》よ)

(おお、かねざね様の恨みを晴らすのだな)

(やれ、行こう)

(よし、行こう)


黒い影が五つ、六つと現われ、たちまち軍団のように増えていく。

霧の中、それらの姿は明確ではない。が、先頭には大蝦蟇《おおがま》が引く牛車があり、その後ろに矛《ほこ》を担いだ青鬼、全身毛むくじゃらの坊主、小袖《こそで》を着た犀《さい》、尻尾と手足の生えた琴のようなもの、蜥蜴《とかげ》の背に乗った餓鬼のようなもの……実に得体の知れないものばかりが、ぞろりぞろりと朱雀大路へ向かって行く。

兵衛は驚きに硬直した。

「あっ、あれは……」

「百鬼夜行よ。どうやらこの修験者、藤原兼実の雇った者らしい。鬼どもは丹後局の館に向かったのだろうよ。だが、残念にも局は邸にはおらん。先程の道行きは、恐らく百鬼夜行の襲来を察して方違《かたたが》えをしておったのじゃ」

「そうか、なら、災いはないのだな……。だが、あのまま放っておいていいのか？」

「まろは陰陽師ではないから、鬼退治は分野外じゃ。それに百鬼夜行は京の定番行事ゆえ、それほど心配せずともよい。皆、魔除けの香を炊いて館に籠っておる」

兵衛は息をついて刀をおさめた。手も素襖《すおう》も返り血で汚れてしまっている。だが武士である彼はそのようなことを意にも止めず、白目を剝いて息絶えた修験者を見た。

「……この男があれほどの数の鬼を出したのか」

「この男の力ではない。『あははの辻』に堆積した呪の助けがあるからじゃ」

「どうしてここに呪が堆積するのだ」

水鳴は馬から下り、掘られた穴に足先で土を被せて埋めた。

「ここはな……神泉苑で厄除《やくよ》けが行なわれる時に用いる式神や、御所の地鎮の為の式神を埋める場所。用が済んだ後の式神が長年放置された為、いつしか辻の地霊と化してしまったのじゃ。世にいう百鬼夜行とはな、陰陽師が遣い棄てた式神のなれの果てよ。己れを管理している陰陽師が死ねば、式は支配の手を逃れて自由気儘《きまま》に行動する。中には邪悪なものもおる訳じゃ。式神が正常に働いている間は、辻から悪疫などが入り込まないよう作用し、内裏を守護するが、それが忘れ去られると、今度は百鬼夜行と化す……」

兵衛は眼を見張った。

「なっ、なんと、内裏を守る筈の陰陽師とその式神が、都の怪異のもとになっているとは……。しっ、しかし陰陽師の造った式が百鬼夜行の正体であれば、陰陽師の手でこれを処分することも出来るのではないのか?」

「出来るが……せぬのじゃ」

水鳴が冷淡に言い放つ。

「何故だ」

「鬼が出没し、人々が恐れ戦《おのの》く程に、陰陽師の仕事が増え、陰陽寮の重要性も高まるからじゃ」

「陰陽寮の内に災いありとは、そういうことなのか……」

水鳴は険しい顔で頷いた。

「そういうことじゃ。だが、これは序の口。災いの根本は、もっと大変なところにある……」

水鳴はそう呟くと、ふと空を仰いで伸びをした。

「ああ……それにしてもまろは疲れた。今日は、白拍子邸で泊まるとしよう」

後白河が白拍子達に提供した宿が、一条戻橋の近くにある。諸国を転々とする彼女らの集会所となっている場所だ。水鳴はそこでゆっくり眠ろうと思ったのである。

「おっ、俺はどうすればいいのだ？」

兵衛は慌てた。

「ふむ、まろと一緒に寝泊まりするわけにはいかんな。女装をしてもそのガタイだとすぐにばれてしまうじゃろう？」

「当たり前だ」


——と、その時。

塀の陰から綴法師《つづれほうし》が、蒼白の面持ちでゆらりと現われた。小さな女の子を連れている。

綴法師とは、普段橋の下にいる乞食《こじき》法師だ。その為、『ボロボロ』などとも呼ばれていた。

「ああ、恐ろしやな。『ボロボロ、ボロボロ』と呼ぶ声がするから、仕事でもあるのかと来てみたら、斬り合いの次は、百鬼だなんて……、桑原桑原」

この法師、垢《あか》で黒光りした顔は皺《しわ》だらけ、手足には白い産毛がやたら目立っている。体全体のバランスも少し奇怪《おか》しい。手がずいぶんと長いのだ。

法師は水鳴の姿に気付くと慌てて駆け寄り、がばりと地面に平伏した。

「水鳴様、お久しぶりでございます」

「なんじゃ、お前、見融《みとおし》ではないか、しつこくまだ生きて、京におったのか」

「これはこれはキツイことを言っちゃって、もう……」

見融と呼ばれた綴法師は、妙な女言葉を使い、身をくねらせた。

連れの少女の方は乞食法師と同行している割には小綺麗で、巫女の装束を着ている。ただし、こちらも身体のバランスがやや奇怪しい。胴長で丸顔。眼が爛々《らんらん》とやたら大きい。

「これちょっと、式部《しきぶ》ったら、何してるの、もう。水鳴様にご挨拶をしなさい」

見融が少女を叱るが、少女は素知らぬ風情で、顔面を腕でぞろりと撫でた。


こ、これは妖しい奴らだ。こいつら二人とも妖怪ではあるまいか……


兵衛が唾を飲む。と、法師がぴょん、と飛んで兵衛の脇腹を突ついた。

「水鳴様ぁ、こちらのお方はどぉーなた？」

「龍水の友で、村上兵衛という無粋者じゃ」

「まぁ、親方様のお友達でございますか、あたしは占術を得意と致しますもので、なんでも『お見とおし』だから見融という名をもらってございますのよ。こっちは弟子の式部です」

紹介された式部は、顔をくしゃりとしかめ、大欠伸《あくび》をした。挨拶《あいさつ》の最中に欠伸をするとは、どうしようもない不調法者だ。よくこんな弟子を取っているものだと兵衛は呆れ返った。

見融は気まずい顔をした。

水鳴はふと、この様子を見て手を打った。

「そうじゃ見融、この男を今夜一晩、お前のねぐらに泊めてやれ」

見融は目を瞬いて、じっと水鳴を窺った。

「そっ、それはもうようござんすけれども、本当にあたくしのところでいいの？　あとで叱っちゃイヤよ？」

疑わしそうに訊ね返す。

「上等じゃ、この男は寝場所をどうこう言うほど繊細な奴ではない、のう兵衛」

「なっ……それはまあ、そうだが……」

「ならば決まりじゃ。兵衛、見融、明日の朝迎えに行ってやる。ではな」

水鳴は眠そうに言って、背を向けた。

見融はにっこり笑って、兵衛の裾を摑んだ。

「あらまぁ、それじゃあまぁ、村上様、あたくしに付いてきてちょーだいな」

水鳴と別れ、二人が向かったのは、大内裏の正門、朱雀門であった。

14

　朱雀門は金銀の箔も丹塗《にぬ》りも剝《は》げ落《お》ち、まるで柿の渋で染められたような色になっていた。門上の楼閣《ろうかく》を支える枕木は、がくりと傾き、今にも崩れ落ちそうだ。

　門全体を支えている大きな丸柱の上には烏が何羽となく巣をつくり、その糞が石段に点々と白くこびりついているのが見えた。

「ああっ、何という荒《すさ》みようだ。これが本当に噂に聞く大内裏だというのか？」

　兵衛が愕然と呟きながら辺りを見回すと、見融は、ヒッヒッヒと笑った。

「なんてっても、ここの所ずうっと、地震とか辻風とか大火事とか、はては田楽者《でんがくもの》の横行で疫病なんていう災い続きだったもんだから。京にはなんにもなくってねぇ、仏像や仏具をうち砕いて、薪《たきぎ》の材料にしていた程なのよ。門の修理なんて、もうとてもとても……。帝も大内裏をお見捨てになって、今はこんな風に荒れ放題。それを良いことに狐狸は住む、盗人は住む、しまいには引き取り手のない死体をこの門に持ってきて捨ててっちゃう習慣まで出来ている始末よ。とは言っても、あたしも此処に住まう妖しの者の一人ではありますけどね……」

　見融はぎょろりと兵衛を見た。

「お気をつけなさってよ、その楼閣からほれ、盗人があーたの首をかこうと狙っているやもしれませんからね」

見融が頭上の楼閣の闇を指差して言ったので、兵衛は思わず身構えた。

「ヒッヒッヒッヒッ、冗談、冗談、真に受けやすいお人だわねん」

兵衛は、ぷんぷんと怒って、

「おい、悪い戯《たわむ》れは止めてくれ」

「これぐらいの事で怒っちゃ駄目よ。盗人同様に質《たち》の悪いモノが多いのは本当なんだからさー」

大内裏の内部は真っ暗で、番人一人いない。草ぼうぼうといった藪中には、毒虫か蛇でも潜んでいそうだ。道らしきものは見あたらない。

しかし見融と式部は、道無き草むらを平気ですたすたと歩いて行く。兵衛は桑折を担ぎ直し、そろりそろりと用心深く馬を進ませた。

追いついてきた兵衛を、見融はくるりと振り返り、

「酷い状態でございましょう? 京の町の人間は、ここを『内野《うちの》』なんて呼んでるのよ。政《まつりごと》の主要なお役所は、ここではもう機能してないの。みんな鴨東《おうとう》にある里内裏《さとだいり》のほうに行っちゃったわ。だからもう、ここは出入りお構いなしの大道と同じなのよね」

右手に何か巨大な建物の跡だろう瓦礫《がれき》の山がある。左には朽ち果て、蜘蛛《くも》の巣が張った門が見えた。兵衛はなにやら薄寒いものを背中に感じた。

式部が素早く門の上を見上げた。屋根の上に真っ青に光る巨大な目玉が二つ。

「カッカッカッ」

と、笑う声がする。

「おうっ、あれは妖しい目玉だ、さては鬼か、狐か、それとも天狗か！」

兵衛が馬を降り、太刀に手をかける。

見融は手をかざして上を見上げ、

「ハッタリをかましているだけよ、あれはここら辺りに住まう管狐《くだきつね》に違いなくてよ。時々、ここらに薬草取りに来る人間を、ああして威《おど》しては喜んでいるの。やれ、式部や退治しておいで」

そう言われると、式部は尋常ならざる素早さで門に飛び上がり、青い目玉に突進して行った。


「あんな娘一人で大丈夫なのか？」

「管狐退治なら式部の得意中の得意なの。大丈夫よ」


ギィーギィーと、獣同士が戦っているような声が上がった。ばたんばたんと板を蹴る物騒がしい音が響き渡る。

ややあって、ひょいと門から飛び降りてきた式部は、口に小さな生き物を銜《くわ》えていた。狐か鼠かよく分からない、薄茶色の生き物である。

「やっぱり管《くだ》だったわ、この辺りは管狐が多いのよねぇ。あたしが知っているだけでも五、六組の番《つがい》が住んでるわけ。それがまぁ、年に二度、八匹近くも子を産むもんだから、ちぃとも減らなくて、騒がしい騒がしい」

見融は心底汚《けが》らわしそうに首を振った。

式部は管を銜えたまま、兵衛をじっと見ている。何か言いたげな視線だ。

こんな得体の知れない物を口に銜えるとは、真に不気味な娘だ。兵衛は動揺を覚えつつ、

「なっ、なんだ、どうしたいのだ？ 遠慮せずともよいぞ、言うことがあるなら言え、したいことがあるならするがいい。その様に黙って見られていては気色が悪い」

式部は顔に薄笑いを浮かべると、あろうことか管狐をごくりと一呑みしてしまった。美味《うま》そうに舌で唇の周りを嘗めている。

「そっ、そんなものを食べて、病にはならぬのか？」

兵衛は泡を食った。

見融は黙っている式部の顎をこちょこちょと撫でた。式部が目を細め、喉を鳴らす。

「大丈夫でございますよ。この式部は山猫の精に、わたくしが人形《ひとがた》を与えたものですから」

式部の瞳が、細い針のようになって、再び膨らんだ。

「なんと、この娘は式神だったのか」

「京の公達は、何かと天気のことを気になさる方々が多ございますのよ。お暇なのねぇ。猫は天気に敏感な生き物でしょ、こうして連れ歩いておりますと、その仕草で天気がわかり、ズバリズ

バリと当たるのよねん。それで皆様はわたくしを見融と呼ぶわけよ。ね、式神って重宝でしょ。村上様もなんなら一つ、つけて差し上げましょうか?」

兵衛は慌てて首を振った。おかしな物をつけられては堪らない。

「いやいや、俺はよい」


見融は、焼け残った唐風の建物の一つをねぐらにしていた。

建物の中には何もない。障子の桟《さん》も折れ、風は吹きさらしである。

見融は古めかしい行灯《あんどん》に火を入れて胡座をかいた。式部は部屋の隅に丸まって眠り始めた。

兵衛は馬を近くの木に繋いで座敷に上がった。半ば崩壊した唐風建物が化け物のようにぬっと建ち並んでいる庭を眺める。

側の庭には積石に囲まれた畑らしきものがある。巻蔓《まきづる》が絡み合っている所を見ると、芋だか、へちまの畑だろう。

見融は袂から焼いた芋を取り出して、兵衛に差し出した。

「これあげるわ。美味しいのよ。あたしが畑でつくった芋なの。ここらは怖がって寄りつく人がいないけどね、実は宝の山なのよ」

「ここが……?」

と、兵衛は眉を顰め、疑った顔をした。

「そうよ、高値で売れる薬草が沢山生えているし、死体を転がして行ってくれるものだから、畑の肥料には事欠かないの。ああた、試してみたら？　あーた達はよく斬り合いするんでしょ？　だったら、死体を利用しない手はないわよ。畑に埋めてやると、実りがいいのよ、とっても」

兵衛はそれを聞くと、摑みかけた芋を見融に差し返す。

「まっ、失礼ね、美味しいのに」

見融は、むっとして、芋に嚙《かじ》りついた。

「鎌倉の威勢に比べて、京の荒みようはまことに恐ろしい……。よくぞこんなところで、京の人々は平気でやっているものだ」

「あら、そんなことを言うけど、鎌倉だってこうなる運命かも知れないわよ」

「馬鹿な、何を根拠にそんなことを言う」

「そりゃあ、あーた、わたくしは陰陽師でございますから、分かりますとも」

見融は隣部屋に入っていき、今度は酒を持ってきて兵衛に勧めた。

「おっおい、この酒はどこから出てきたんだ、まさか妙な術で小便でも呑まそうというのではあるまいな」

「まさかでしょう、イヤね、正真正銘の酒よ」

見融が兵衛に瓢箪徳利《ひょうたんとっくり》を渡す。

この酒、実は先程の芋から造った芋焼酎なのだが、兵衛は知らぬままに、くいっと呑んだ。

見融は、にたにたと嬉しそうだ。

「大体、牛若さんの大祓《おおはらえ》に失敗したこともあるでしょう、それに鎌倉権五郎《かまくらごんごろう》さんのこともございましょう?」

兵衛は酒の強さに噎《む》せながら、

「義経様のことは知っているが、なんだその鎌倉権五郎とは」

見融は「あら」と目を丸くした。

「まあ、あーた、ご存じないの? 鎌倉権五郎さんってのは、御霊社《ごりょうしゃ》にまつられる神霊のことじゃないのさ」

兵衛は、ああ、と手を打った。

「地獄谷にあるというあの御霊社か。人から聞いた話では、十二年ほども前に奇怪な鳴動を起こして人々を驚かせたというが……俺はその頃は鎌倉にいなかったからな」

「まぁ、新参者なのねっ。あの時の鳴動は権五郎さんを憤慨させたからなのよ。頼朝様が朝廷から守護地頭による兵糧米の徴収を許されたにもかかわらず、権五郎さんとの約束を果たそうとしないから怒ったのよね」

「大殿が鎌倉権五郎とかいうものと、何かの約束を?」

見融は酒を兵衛から取り上げ、ぐびぐびと喉を鳴らして呑んだ。

「なに言ってんのさ。『権五郎とかいうもの』とは、なんて言い方するの。あーたねぇ、鎌倉権五郎さんこそが、鎌倉山の金山神をお祀りする役をしていた正統な鎌倉の御領主だったのよ」

「えっ、そうなのか」

「そうでございますとも。鎌倉権五郎さんは、桓武天皇にまで遡る平氏の末裔、鎌倉権守《かまくらごんのかみ》を称していた程のお方なのよん。そもそも『鎌倉』っていうのは、『金倉《かなくら》』から変じた名前なんだから、そりゃー、タタラ技術と豊富な産鉄を利用して、すっごい鉄吹き（武器）を所有して、権五郎さんはいい感じで鎌倉を治めてたわけ」

「知らなかった。鎌倉はもともと、源氏の八幡太郎《はちまんたろう》様縁《ゆかり》の国だと聞いていた……」

「えーえー、縁も縁でございますとも。朝廷の命令で八幡太郎さんが夷《えびす》退治に派遣されて来たんで、権五郎さんは彼を手助けした訳よ。なのにふざけたことに八幡太郎さんが鎌倉を気に入って、居座っちゃったから大変よ。結局それで鎌倉は源氏の国ってことになってねぇ。でも冗談じゃないわよねぇ。あーたならどう思う？」

「そうか……それは世の常とは言えど悔しかろうな。しかしそのような方が何故、御霊社などに祀《まつ》られ、祟神《たたりがみ》となっているのだ」

「だってさ、結局最後は、鎌倉を自分の領土に欲した八幡太郎さんの手で暗殺されちゃったのよ」

「むむぅぅぅ」

兵衛は呻吟した。そして見融から酒を取り上げると、勢いよく呑んだ。キツイ酒だ、だがこういう時には良い。

「全く、この世のことは聞けば聞くほど嫌なことが多い！」

見融は、ひひひっと笑った。

「鎌倉ってば、まあ、金が採れる蔵のような場所なのよね。金の神と言えば、片目神と相場は決まっているでしょう？　だから鎌倉権五郎さんは片目だったの。要するに、金山彦神《かなやまびこのかみ》の御寵愛《ごちょうあい》を一身に受けた神人《じんにん》だったのよ。山神様の金銀鉄を頂戴するには、そういう資格がいるわけよね。だからさぁ、その権五郎さんをだまし討ちする時には、さすがに肝の太い八幡太郎さんも恐れたみたいね。太郎さんはね、権五郎さんの娘との間に生まれた御子さんに鎌倉支配を約束しちゃったの。それで権五郎さんも、悔しいながらも成仏しようとしてたわけ。でもさ、太郎さんってば酷い奴、あとで考えたら、やっぱり約束守るのイヤになったみたい。権五郎さんの娘も御子さんも、暗殺しちゃったのよねぇ」

兵衛はわなわなと震えた。

「ええぃ、待て待て！　まさかそこまで……。お主、見て来たようなことを言うが、本当にそんな事があったのか、証拠はあるのか！」

見融は黄色く濁った目で兵衛を睨んだ。

「あら、あたしを疑うわけ？　何をそんなに驚くわけよ。あんた達武士なんて、鎌倉内でも揉めては殺し合いしているじゃないの。大体、あったもなかったも、知るものは皆、知っていることでございますとも。放生会で『お渡り行列』がございましたでしょう？」

見融が平手で兵衛の腿を、ぴしゃりと叩いた。

兵衛は異形の面を被った人々が、回廊をぞろぞろと歩いていたのを思い出した。

「うむ、確かに妙な行列があったが、あれが何か……」

「列の最後に、お多福の面を被った孕み女《はらおんな》が混じっておりましたでしょ。その女のことを、訳知り者に訊ねてごらんなさいな、『頼朝様と情を交わし、その種を宿した女だ』と答えるはずよ。

あの行列をしたのは、御霊社に奉仕し、鶴岡八幡宮の庭番を勤める者でしょう？ つまりさぁ、地獄谷、金山谷を拠点とする、鎌倉権五郎どのの縁者達なのよ。あれは再び鎌倉に舞い戻った八幡太郎どのの後裔・頼朝どのに、鎌倉に幕府を置くなら約束を守るようにと迫ってるのよ」

「そうか……そうだったか。し……しかし約束といっても、もう昔のことであるし、権五郎どのの娘に産まれた御子もいない訳だし、八幡太郎様もおられぬ……。それを大殿に責任をとれというのも……」

見融は「馬鹿ねぇ」と手を振って、

「だからさぁー、頼朝の血を鎌倉党に入れ、そうして産まれた子に幕府を治めさせろというわけよ。源氏と鎌倉氏の血が入ったものが鎌倉を治める——それが筋ってもんでしょう。

責任取らなきゃなんないものを取らないんなら、鎌倉も京のようになるわけよ。権五郎さんの怒りを買うという事は、鎌倉の金山彦神の怒りを買うということでしょう。いくら四神相応の土地に都を築いたとしても、山神の怒りを買っちゃったら意味なんてないわさ」

「そう言えば水鳴どのも、『京の乱れは内からの乱れ、北の玄武の怒りを買ったから』などと言っていた……」

「ええ、その通りよ。それと同じことが鎌倉にも……。怖いのは牛若さんや後白河さんだけじゃないんだから」

「のう見融どの、水鳴どのや龍水どのは『お前には関係ない』と言って、なかなか事情を教えてくれぬ。しかし俺としては、一応鎌倉の武士だから、どういう事かきちんと知りたい。お主、知っているなら教えてくれ」

見融は、真剣な眼差《まなざ》しを自分に向ける兵衛に、くねくねと顔を赤らめた。

「いやじゃわいなぁ、そんな目で見られちゃあ、教えて上げたくなっちゃうじゃない。仕方ないわね、親方様の赤馬を使わせてくれるなら、なんとか朝までに秘密をお見せすることが出来るかも知れないわ」

「そうかっ、有り難う」

「でもね、朝には戻って来なくちゃね、水鳴様にお叱りを受けるのだけは御免だもの。あの方、短気で怒ると怖いんだから……。水蓉様は他人事には興味のないお方だし、水見様はお優しいし、あのお二人とは上手くやれるんだけれど……。水鳴様は本当にキツイのよねぇ。いつぞやは二郎丸の犬をけしかけられて往生したわ。あたし、犬が大の苦手なのよねぇ。それとか、蚤《のみ》の軍団をけしかけられたこともあったわねぇ……」

見融はその時の恐怖を思い出したように遠い目をして、ぶるるっと震えた。

「う、うむ、それでは龍水どのの馬で行こう」

兵衛はざくざくと庭を突っ切り、馬に跨《またが》った。

見融は彼におんぶするようにして乗り上げ、兵衛の腰に毛深く長い腕を巻き付けた。

15

馬は滑るように駆け、やってきたのは鴨川である。

鴨川の東に歴代上皇が建てた御所の広大な敷地が広がり、遠近に紅葉が見える。

河原《かわら》には店屋が建ち並び、芸人、遊女などで賑わっていた。

庶民は地面に筵《むしろ》を敷き、身分の高い者は河原縁《べり》に仮設された天井桟敷で酒宴を繰り広げている。その間を忙しく駆け回っているのは、肩に天秤《てんびん》の酒樽を担いだ酒売りの男だ。それらの周囲で放下《ほうか》が手品をしていたり、舞々《まいまい》が踊っていたりする。

川縁で女達が列をなしていた。女達の先頭には、傘を被り覆面をした老婆が一人、卒塔婆《そとば》になにがしか書き記して川に放り込んでいる。

「あれは板書《いたか》ってゆうのよ。死んだ子供の霊を慰めるために、ああして名を記した板を川に流すの。京ではよく子が死ぬものだから……。それにしても賑やかでしょう？　これも全て賀茂様のお祀りになられる賀茂社の御威光の賜物《たまもの》なのよん」

「賀茂というと、龍水どのの家だな」

「さすがはお友達、親方様の素性をご存知なのねん」

賑わいを縫って、鴨川沿いに北進する。やがて川が二股に分かれ、その中洲に巨大な神社が建っていた。

「鴨川はここから右に高野川《たかのがわ》、左に賀茂川になるのよん。あたし達は賀茂川を遡って、下鴨・上賀茂神社へ進むわねん」

下鴨・上賀茂神社は、合わせて「賀茂社」と呼ばれる。近付くにつれ、神社の威容が明らかになってくる。

「赤凪《あかかぜ》や、あたしを覚えている？　よくあんたの世話をしてやった見融よ。ここら辺りは、番人どもが五月蠅いから、上を行きましょう」

見融が馬の尻を撫でそう言うと、赤馬がひらりと宙へ舞い上がった。

「あれよ、この馬、飛べるのか」

兵衛は驚嘆して神社を見下ろした。

広大な敷地に至る門は、美しい朱塗りの楼閣であった。社殿はいかほどあるだろうか、どれもが茅葺きの厳かな構えの建物である。

その中に一角、白く輝く二対の光がある。尖った砂山が二つ、それが不思議な霊光を放っているのだ。

「おおっ、なんとも清らかな光だな。あれは神霊の御光か？」

「左様にございますよ。あれは立砂《たてずな》と言ってね、賀茂の社によりつく神霊の依代《よりしろ》になるものなの。でももう、あれぐらいの霊光しか残っていないなんて……この社も落ちぶれたものだわね。昔は賀茂の御神霊も本当にお美しくて、うっとりしちゃうほどだったのよねぇ。あたしもあんな風に器量よしになりたいわぁなんて……ファンレターなんか何通も出しちゃった」

見融は夢見るように呟いた。

「そうなのか、俺には随分と霊験あらたかに見えるぞ。賀茂社の御神霊は『賀茂別雷神』、雷除けに霊験ありと聞くが、こうしてみるとあの砂山、雷神の角のようでもあるな」

感心した兵衛を、見融は片腹いたいとでもいうように笑った。

「いやだわん。そんなの真に受けてるの？　『賀茂別雷神』だなんて御神霊は、商売上手な賀茂さん達の方便に決まってるじゃないー。そう言っておけば、菅公《かんこう》の祟りにノイローゼになってる御公家が競って寄進をするでしょう？

そもそもね、賀茂がお祀りしていたのは葛城山《かつらぎさん》にいた大葛の化身、一言主《ひとことぬし》様なのよん。賀茂はもともと山神を祀っていたお家なのよ。あーた、大体、天孫系でもないのに『賀茂別雷神』だなんてさ、ちゃんちゃら可笑しくて臍《へそ》が茶を沸かしちゃうわよ」

「そんな……いい加減なものなのか？」

「そうよぉ。あんた達、武士だって皆、先祖は平氏とか源氏とか藤原に無理矢理しちゃうじゃない。どこが威勢がいいかで、源平藤橘《げんぺいとうきつ》と紋をころころ変えちゃう家もあるでしょう？　そんなもんなのよ。世の中、花よりダンゴなのよねぇ。

ともかく、本当のことはね、この賀茂川の流れを辿《たど》っていけば分かるわよ。賀茂一族は役小《えんのお》角《づぬ》様の頃から陰陽道の大家、だから京の穢れの祓いを任されたの。それでこの賀茂川という場所に社を建てられたんだもの」

兵衛は必死で記憶を手繰って、

「そう言えば水鳴どのが、『京の都から出る老廃物は、朱雀大路から払われ、一旦、羅城門に捕らわれ、鴨川の流れと共に外へ排出される』と言っていたな」

「そうよそうなのよ。その鴨川がどこから流れ落ちる川であるか、見せてあげるわよ」


賀茂社を抜けると、風景は一変した。其処はいきなり山の中である。鞍馬山であった。

鞍馬山は別名「闇山」とも呼ばれている。昼なお暗き、都の奥座敷だ。人は殆ど訪れることがない霊域であり、天狗の出る山として畏れられていた。

特に洛北から琵琶《びわこ》湖の湖西の山塊は、琵琶湖の陥没と同時に隆起したとされる古い岩塊からなっており、ゴツゴツとした特殊な奇観を呈している。

鞍馬山はピラミッドを連想させるような円錐形《えんすいけい》の山であった。

馬は山頂の近くで止まった。

見融はいちはやく馬から飛び降り、その辺りの木の枝を折ってくると、松明《たいまつ》を作って周囲を照らした。

石灰岩の白い岩塊が折り重なった周囲の様子は、岩海とでも呼べそうな有様だ。

鞍馬寺の奥殿・魔王殿《まおうでん》が、岩海の真ん中に、ひっそりと鎮座していた。

「あれが魔王殿よん」

不思議なことに、魔王殿の周辺にある石塊だけは、闇に染まったように黒い。

「魔王の力で、石まで黒く変わったのだろうか」

「そんな訳ないでしょ。これらの黒い岩は大昔、鞍馬の魔王様が天から下ってきた時に乗ってきた星の欠片《かけら》なのよ」

「そう言えば、流れ星が実際に地まで落ちることがあるとは聞いたが……、そんなことが本当にあるのか？」

「ありますともさ。魔王様の乗ってきた星は鉄の塊だったの。お宝よ。大勢のタタラ達や修験者が集り、社を造って魔王様を祀り、ここにタタラ村が出来て賑わったのは……それはそれは遠い昔よ。今では鉄は取り尽くされて、こんなに寂れてしまったけれど」

見融の不思議な昔話に耳を傾けながら、兵衛は不気味に静まり返った暗闇に目を凝らした。

舒明《じょめい》天皇九年（六三七年）春二月、輝く星が東から西に流れ、雷に似た大きな音がしたと記録されている。その時、僧旻法師《そうみんほうし》という者が、「あれは流れ星ではなく、天狗というもので、その吠える声が雷に似ているだけなのです」と、説明したという。『天狗』という名称が最初に日本史に登場した記述である。

この出来事は、恐らく巨大隕石の落下であろう。

当時、隕石に多くの鉄分が含まれていることを知っていたタタラや修験者達は、隕石を天からの授かり物として探し歩き、見つければ、神祀りをした末に鉄を抽出したのである。

「真に魑《ち》魅《み》魍魎《もうりょう》が巣食っていそうだな」

「これは異なことを仰いますこと、あーた、元は貴い神霊の宿っていた山なのよ。それを魑魅魍魎の住処《すみか》にしたのは人の仕業じゃないのさ。じゃ、賀茂川をもっと辿《たど》っていきましょう」

馬は北西に進路をとった。深い渓谷が現われてくる。

ここは僧正原《そうじょうはら》と呼ばれるところで、古い修行場であった。牛若（牛若丸）は鞍馬にいた頃、この渓谷で大天狗、魔《ま》王僧正坊《おうそうじょうぼう》に兵法を習ったのだ。

渓谷を抜けると、再び険しい山が現われた。馬は地面に舞い降り、鬱蒼とした樹海の中を進んでいく。

やがて兵衛が見たのは、急な長い石段を登った先にある荒れ果てた社であった。

貴船神社である。

社殿は貴船山の裾の急斜面に、張りつくように建っている。見るからに奇異な印象を醸し出す社だ。鬼やら天狗やらが今にも社殿の陰から飛び出してきそうである。

境内の巨大な桂木の向こうには、先程の鞍馬山の影がくっきりと浮かんでいる。

「これが世にも名高い貴船神社か……」

「あーた、鬼になった公卿《くぎょう》の娘のこと聞いたことある?」

「おお、知っているとも、『鉄輪《かなわ》の女』だろう。なんでも公卿の嫉妬深い娘が北貴船社にある呪詛神に願掛けし、鬼になる方法を教えられたとか」

「そーよ。そして鬼女となり、自分を捨てた男を呪い殺したの。それでさ、あたし達川を辿る内に、此処に来たわけよね」

「そうだ、賀茂川を辿っていくと賀茂社から貴船神社に至ったな」

見融は深々と溜息を吐いた。

「賀茂がね、賀茂川の上流に造営した氏神の宮・賀茂社は、本当のところ貴船明神を奥社として拝するためのものだったのよ……。『貴船』なんて今は言うけど、もともとは『木生根《きふね》』と言ってね、その桂の木のことよ。貴船山の山神が依代としている木なの」

兵衛は境内の巨木を仰いだ。

「分かる? 大内裏を守護する玄武の化身、貴船山の神霊だからこそ、貴船社の拝殿を都に造ったのよ。その点はね、さすが陰陽上《おんみようのかみ》を世襲する賀茂一族でしょう? だから長年、貴船明神様も賀茂の一族に御利益をもたらしてこられたという訳なの……。

でも人って恩知らずなのよねぇ。お家の隆盛に従って高慢になった賀茂は、貴船様より格下であるはずの賀茂社のほうばかりをどんどんと隆盛にしていき、あろうことかそれにつれて奥社である貴船社は忘れられてしまったの。それで此処はこんな有様なのよ。当然、この本末転倒の事態に、明神様のお怒りがない筈はないわよねぇ。祟神《たたりがみ》になった明神様の散ずる霊気から、数々の鬼や天狗といった物の怪が生まれ、内裏を脅かすようになったという次第よ。

京を騒がせた大火事も、愛宕天狗達の仕業なのよ。古杣《ふるそま》という『火使い』がいてね。鼻ッ柱の高い、これがまた、あーた、えらく厭味な男なのよ」

見融は何か思い出したのか、きーきー声で言った。

「それは分かったが、ちょっと話がずれているぞ」

「まぁ、そうだったかしら。ああそうそう、貴船明神が祟神に成ってしまった経緯までは言ったわよね。元より内裏の風水は、北の玄武が清浄な気を注ぎ、南の朱雀の水源となっている訳だからさぁ、玄武の化身、貴船山の神霊を怒らせては、都での数々の祓い浄めの行事も上手くいかないのが道理っていうのも分かるでしょう？」

「なるほど、『内裏の乱れは、陰陽寮が火種』とはそういうことか。陰陽上であった賀茂どのが祀りを誤られるとは……。しかし、それがハッキリしているからには、誤りを正すよう賀茂どのに注進すればいいのではないか？」

見融は複雑な顔で兵衛を見た。

「そうは簡単じゃないからこうなってんじゃない。大体ね、陰陽寮なんて安倍、賀茂の世襲に拘《こだわ》ったものだから、もうすっかり形骸化しておりますよ。能力者なんてのは、本来世襲なんて難しいのよ。世襲が長くなりすぎたもんだから、今や、からっきし役の才覚なんてない人達ばかりなんだから……。祀り事も形ばかりが豪華になって、でも効力は、全然ね。それも仕方ないことよ。なにしろ、公家を威して、どうやって商売しようか、誰に取り入って出世しようか、頭の中身はそればかり、欲と虚栄心の固まりよね、本当に重大な事に気づかぬ方々ばかりなのよ。

それに気づいたのは親方様と、直の上役だった安倍泰俊《やすとし》様だけ……。でも泰俊様はひねくれ者だから見て見ぬふりよ、狡《ずる》いお方なのよ。それで親方様はたまりかねて寮のお偉いさん方に、京の都の災いの原因を忠告した訳なのね。ところがさぁ、それが皆様のお怒りに触れて、逆に陰陽寮から追放されちゃったのよ……。

あーた、信じられるう？　賀茂神社は賀茂家の金蔵だから、絶対に賀茂側はそんなこと認めないしさ、安倍側にすれば鬼や天狗が世を騒がしている方が仕事も繁盛するって訳なのよ。『わざわざそれを改めても誰にもいいことがないのに、無粋な奴だ』ってなものよ」

兵衛は体を震わせていきり立った。

「なんと、それが理由で陰陽寮を追放などと、余りに龍水どのが気の毒ではないか！　そこまで陰陽寮は腐りきっておるのか」

「はいなぁ。腐敗どころか、もう死臭ぷんぷんて感じねぇ。でも皆様方、もう自分の死臭にも、お気づきにならないのよ。まぁ、親方様のことは気の毒といえば、そうかも知れないけど、もともと気儘な質のお方だから、寮の干渉から離れて、却って清々したみたいだわよ。……それよりお気の毒なのは、本当は賀茂の宗家のご出生なのに、姓名すら名乗れないことよねぇ。

こう言っちゃなんだけど、親方様が鬼の気を受けて生まれたのも、もとはといえば貴船明神の呪《のろ》いなのよ。明神様としてはね、山神を崇めていた頃の賀茂様には『役小角《えんのおづぬ》様』なんていう山神と心身一体となっていた方もおられたことを思い出させて、忠告したかったわけよ……。ところがさぁ、馬鹿な宗家は、自分達の祀るべき御神霊が何なのかさえ、忘れてしまっていたのねぇ。『祟りだ』なんて慌てふためいて、その遣い子を流し棄てたわけ……。せめて忠行《ただゆき》様が生きておられたら、親方様の角の意味もすぐにお分かりになったでしょうに……。忠行様が出世上手なだけの俗物息子、保憲《やすのり》様より、弟子の晴明様に期待をかけられたのも、もうご自分の血筋からろくな陰陽師は輩出されないと悟られていたからなのねぇ……」

「ますますもって許し難いな。賀茂の祀りの誤りで、龍水どのがあのように生まれついたとすれば、その罪を龍水どのに押しつけて捨て去った罪はいかなものか」

兵衛が悔しげに拳を握りしめた。見融はふう、と溜息を吐いた。

「鬼とは陰、すなわち影でございましょう? お天道様が明々と照らしている所には影は生まれないわよね。でも光が届かないところには影ができ、鬼が生まれるわけよ。結局、お天道様の光を遮《さえぎ》っているのは、人間の心の曇りなのよねぇ……。

内裏を騒がせている僧正坊《そうじょうぼう》さんも、もとはれっきとした木生根明神の御眷属《けんぞく》だったんだから。神の位に準ずる大天狗よ。きちんと祀れば内裏を守護してくれるのに……本当に心がねじくれているのは人間という訳よん」

兵衛も長い溜息を吐いた。

「そうやって、鎌倉も駄目になるというわけだな……。俺は何とかしたいがなぁ……。せめて権五郎どのの社に、手を合わせて祈ってみようか……」

神妙に呟いた兵衛を見て見融が微笑んだ時、桂の枝が一斉にざわざわと揺れ動いた。

兵衛は刀の柄《つか》に手をかけた。

「誰だ！」

木の葉の間に、何百という数の丸い瞳が、玉石のようにきらきらと輝き現われた。

「いっけない！　鳶天狗共だわ。奴らこの季節になると、木の枝に集団で巣をつくって合宿すんのよ。忘れてたわ〜！」

狼狽《うろた》える見融の頭上から、声が鳴り響いた。


誰じゃとは、こちらの台詞、ここを神域と知っての狼藉《ろうぜき》かッ！


見融が慌てふためいて平伏する。

「各々方、お怒りにならないでぇ。あたしよ、あ・た・し、見融でございましてよ。内裏の乱れの原因を、これなる男に伝え聞かせていただけなのですわん」

山鳴りが大地を揺さぶった。兵衛の前に現われ出たのは、身の丈、二丈はあろうかという大天狗、魔王僧正坊である。

その顔は皎々《こうこう》と赤く、鼻は高く聳え立っている。だが、黄金眉の下にある瞳は意外にも穏やかだ。

金色の顎髭が顔の輪郭を縁取り、ほのかな光を放っている。

全身には法衣を纏い、一本歯の高下駄を履いていた。背には鳶の羽根がある。

奇怪至極ではあるが、厳かで神々しい——神霊の眷属というのも理解できる姿だ。

ひたすら「おおっ」と、驚嘆している兵衛に、見融が耳打ちした。

「かしこみなさい、かしこみなさい、平伏するのよ。僧正坊さんは礼をとる者に無闇に襲いかかったりなされないわ。下司《げす》な物の怪とは格が違うんだから」

「お……おうっ」

兵衛は柄《つか》から手を離し、刀を置いて地面に座ると、深々と頭を下げた。

「鎌倉から参りました武士、村上兵衛と申しまする。僧正坊どのは俺の尊敬する義経様のお師匠どのであられたとか、ご高名は伺っておりまする」

僧正坊は兵衛を見下げ、皮肉たっぷりに答えた。

『鎌倉から来たと申したか。鎌倉では牛若が、ずいぶんと頼朝の世話になったそうじゃな』

ビリビリと身体を痺れさせる迫力の声だ。

見融が慌てて、ペコペコと頭を下げた。

「僧正坊様、どうか無礼をお許しになって。この男は政《まつりごと》のまの字も解せぬ下っ端武士、そのようなことは、とんと知らないんですから、お怒りにならないでぇ。武士になったのも、鎌倉に幕府が出来てからのことらしいから、牛若様への陰謀には、全くちっとも荷担していなくてよ」

僧正坊は鼻息を荒くして、

『ふん、そうか……しかし頼朝の手下には違いなかろう』

兵衛はがばりと顔を上げた。

「義経様のことは、俺も頼朝様が汚いと思う。僧正坊殿のお怒りもよく分かる。しかし俺は幕府に仕えてしまったのだから仕方がない。仕えた限りは主君を立てねばならぬ」

僧正坊は、ほうっ、と髭を撫でた。

見融は、僧正坊の周りを跳ね飛んで、

「僧正坊さま、僧正坊さま、どうぞお鎮まりを、すぐに無礼な男を連れて帰りますから……。この見融、この男が斯様《かよう》な無礼者とは知らなかったのよん、信じてね」

『ええい五月蝿い！　目障りなのはお前の方じゃ！　山の精を受けながら陰陽師に仕える二枚舌者めが！』

見融は、ひえっと頭を抱えた。

「だってー、そんなの仕方ないでしょう。あたしは、親方様に緊縛されてしまったんだもの。それに陰陽師と言ったって、親方様は貴船様の呪を受けた鬼なのよん。いわば僧正坊様とは遠縁のようなもんじゃない～」

——喝ッ！

と、僧正坊が見融に気合いをぶつけた。

見融は弾かれたように飛び上がり、たちまち手足の長い異国の猿に変化した。白く長い毛並みに恐ろしげな牙《きば》を持つ大猿である。

きぃきぃと甲高い声で喚《わめ》くと、森の中へと脱兎《だっと》のごとく逃げ込んで行く。

兵衛は、あんぐりと口を開けて、この様子を眺めていた。

『驚くことはない。五月蠅いので元の姿に戻しておいただけじゃ。さてお主、わしは忠義な人間は嫌いではない。よって神域に踏み込んだ無礼は許してやろう。その代わり、朝までの半日間、武芸の合宿中である鳶天狗どもの練習相手をするのじゃ』

桂の木が、再びざわざわと揺れ動く。鳶天狗達は、次々と下りてきて木刀を身構えた。

兵衛も腹を括《くく》り、刀を持って立ち上がる。

ええい、こうなったらもう破れかぶれだ

義経様もこの修行で鍛えられたというし、俺もやってやる
どうせ蛇界にまで行った身だ。今更、天狗との修行如きで狼狽《うろた》えることはあるまい！

16

水鳴太夫は白拍子邸に着き、欠伸を噛み殺しつつ廊下を進んだ。

奥座敷に数人の白拍子達がさざめき集り、紅や白粉の乱れを直しながら話し込んでいる。

「今宵はどなた様のもとに推参《すいさん》しようぞ?」

「噂によれば、今宵、治天《ちてん》の君（後鳥羽上皇）は金剛心院《こんごうしんいん》にて、丹後局《たんごのつぼね》様が方違《かたたが》えなされる身を受け入れられるとか……。側近の不二尼《ふじのあま》殿もご一緒だそうじゃ」

「不二尼は、不老不死の妙法を操るという。丹後局の美しさは、尼の妙法によるものだとか」

「あの尼、噂に高い八百比丘尼《はっぴゃくびくに》であろうか」

「なればまろも不死の丸薬を賜《たまわ》りたいものじゃ。さすれば何時までも男子に捨てられずに済むものなぁ」

「ほんに、不思議の尼を見てみたいものよ」

「決まりじゃ、決まりじゃ、まろ達の行く先は金剛心院じゃ」

推参とは、殿上人《てんじょうびと》の元に突如押し掛けて芸を行ない、謝礼を乞う行為を言う。つまり押し売りのようなものだ。

しかし、推参はこの時代の常識であり、彼女らは一種の神人である為に、権力者であろうとそれを阻止することは出来なかった。

——というより、推参を出汁《だし》に女達と戯れることを公家達も喜んでいたのだろう。

水鳴は仲間の輪に近づいた。

「おい、面白そうな相談をしておるではないか、推参するなら、まろも一緒に行くぞ」

白拍子達は、わっとばかりに水鳴を取り囲んだ。

「おお、水鳴ではないか、鎌倉から何時戻ったのじゃ?」

「つい今じゃ」

「それにしても久しぶりじゃのう」

「鎌倉はどんな様子じゃった?」

興味津々と訊ねる仲間に、水鳴は億劫《おっくう》げに一つ欠伸をした。

「そうじゃのう。謀り事殺し合いばかりしておるところは京と同じだが、もっと田舎で、山ばかりに囲まれておって、息苦しいぞ。巾着《きんちゃく》袋の中にいるような心地じゃ」

「なんと、余り良いところではないのじゃなぁ」

「水蓉どのも水見どのもお元気か?」

「うん、相変わらずじゃ」

「……で、お主、かの殿方とは上手くいっておるのか」

「う、上手くいっておるぞ」

水鳴は強い調子で答えた。

「あれもよい男であったのう」

「ほんに、男前であったわなぁ」

そこへ、一人が包みを手に現われた。

「比叡の坊主にこっそり伽羅《きやら》を盗ませたのじゃ。今夜はこれを空薫物《そらだきもの》にしよう」

「ああ、例の坊主か、それで今宵の首尾はどうだったのじゃ」

「まろが水干を紐解いただけで……果ててしまわれたわ」

「あれまあ」

女達がくすくすと笑った。

「やはり、殿御は公達に限りましょうぞ」

「二条の近衛《このえ》どのが、山吹《やまぶき》太夫の元へ山のような貢ぎ物を送られたとか」

「まあ、やはり殿御はそうでなくては」

忽ち女達の黄色い嬌声が飛び交い、水鳴は耳を押さえた。

「おい、それより、推参には行かんのか」

「おお、水鳴の言う通りじゃ。それでは今宵はお主の虫寄せの技で、虫の音を伴奏に今様《いまよう》を歌おそいそと金剛心院へと向かっていく。

「それはよい考えじゃ。治天の君が好まれそうな」

彼女らは、各々、庭にある秋明菊《しゅうめいぎく》の内から早咲きのものを摘《つ》んだ。薄桃色や白の花を手にい

うぞ」

白拍子達が向かう金剛心院とは、亡き鳥羽上皇が造営した鳥羽離宮内に建つ寺院である。

鴨川の東、二条辺りから七条には、院政の創始者・白河上皇が法勝寺《ほっしょうじ》と院御所を造営したのを初めとし、歴代の上皇達が相次いで御所や寺を造営していた。

金剛心院では、後鳥羽上皇が庭を望む縁に座り、離宮を巡る川のせせらぎに耳を傾けていた。側には近臣・通親《みちちか》がピタリと控えている。

「上皇様、もうすぐ丹後局様がご到着の筈」

「そうかっ、今宵は遂に……」

後鳥羽はきらきらと目を輝かせた。

「左様でございまするな。今宵は新月、何と厳かな美しい夜でございましょう。如何《いかが》でございましょう、上皇様の御笛などお持ち致しましょうか」

「うむ……お祖父様も笛や琵琶がお好きであったことよ」

後鳥羽はうっとりと呟いた。

彼は武芸を好むだけでなく、笛や琵琶、囲碁や双六《すごろく》などにも打ち込み、歌人としても一級という、文芸の才も持ち合わせていた。風雅をこよなく愛し、亀菊《かめぎく》という白拍子に荘園を授けるなど、その酔狂《すいきょう》とも言える一面は、祖父の後白河法皇を彷彿《ほうふつ》とさせる。

「では御用意の程を……」

通親が腰を浮かせた。

と、その時――

「花見に参り、花見に参らせる」

艶《つや》やかしい声が聞こえ、白拍子達が庭になだれ込んできた。

後鳥羽は不意の推参に目を細めた。

「このような時に、あそび者（白拍子、遊女）が来るとは、朕《ちん》の願いが天に受け入れられし証拠。いとめでたし」

微笑んでそう呟くと、年長の白拍子に命じた。

「どれ、今様など歌ってみせよ」

白拍子は頷いて、水鳴に目配せをした。水鳴が虫寄せの口笛を吹く。一瞬の沈黙があり、その後、庭に数多《あまた》の鈴虫の音が響き始める。

「おおっ、これは麗しきかな」

通親も立ち止まり、虫の音に聞き惚れた。

水鳴が二人の前に進み出、拝礼する。

「虫寄せの術にござります。この虫の音を頼りに一曲……」

白拍子達は揃って扇を広げ、菊を高く掲げ、しずしずと舞い始めた。

〽君が愛せし綾ゐ笠
落ちにけり　落ちにけり
賀茂川に　川中に
それを求むと尋ぬとせしほどに
明けにけり　明けにけり
さらさらさいけの秋の夜は

後鳥羽は上機嫌である。時々、節に合わせて扇を振っている。

――何時聞いても阿呆らしい恋歌じゃ……

と、水鳴は欠伸をかみ殺した。

この歌は『貴女の元へ参ると約束したのに行けなかったのは、賀茂川に笠を落としてしまい、追っている間に朝になってしまったことよ』と言い訳する男に、『あれまあ、それは余程大事な笠でございましたのねえ』と女が返歌を返すという趣向のものである。

白拍子達は虫の音に紛れて囁き合っている。

（源通親どのが此処におられるとは……）

（通親どの、栄子どのと集われるからには、なにぞ政の御相談じゃな）

（鎌倉の件か？）

水鳴はこの言葉にぴくりと反応した。

（鎌倉の件とはどういうことじゃ？）

（治天の君は先の院と同様に北面《ほくめん》の武士《ぶし》を、加えて西面《さいめん》の武士《ぶし》までも集めているそうじゃ）

（鎌倉を牽制《けんせい》されるおつもりであろう）

成程、雌狐と古狸が深夜に集うとなれば、ろくでもない陰謀を練るつもりに違いない。

――龍水に連絡せねば
水鳴は思った。

不意に、後鳥羽の背後の帳が、すっと開いた。

現われたのは不二尼である。灯りのせいか、先程見た時より、少し老けて見える。

――いや、見間違えではない……奇怪しなことじゃ……

水鳴が訝しげに、尼を凝視した。

白拍子達の動きもぴたりと止まった。

（あれが不二尼か？）

（なにやら普通の尼のように見える）

（髪は真っ白じゃ）

（八百比丘尼なら、もっと若い娘のはず）

白拍子達の好奇の眼差しに些《いささ》かも動じず、尼は手をついて、後鳥羽の背後で囁いた。

「お遊びの最中、水を差して申し訳ございませぬ。丹後局様がお呼びでございます」

後鳥羽は開いていた扇を、ぴしゃりと閉じた。

「ふむ、用意は出来たか？」

「はい、つつがなく」

後鳥羽は嬉々とした様子で立ち上がった。

「あそび者よ、今宵は真によい趣向であったぞ。通親、褒美を取らせよ」

通親に命じると、後鳥羽は不二尼と共に奥の間に消えた。

17

奥の間では、丹後局が後鳥羽を待っていた。

「上皇様におかれましては、今宵もご機嫌麗しゅう」

拝礼していた顔を上げる。その姿、どう見ても齢《よわい》四十のものではない。しっとりとした落着きを漂わせた、二十代半ばの美姫の如くである。

黒髪が長く床に落ちている。吸い付くような白い肌、ぽってりと厚い唇、男を虜《とりこ》にするような妖艶さを全身に湛えている。

後鳥羽を見るその目は、いかにも優しげで慈愛に満ちているものの、時折、その瞳の奥にぞっとする程冷たい光を宿すことがある。そういう時に、なよやかな外見の内に潜む、禍々しい毒婦の性が垣間見えた。

今宵の局の装束は、山吹の返《かえ》し襟《えり》、濃き蘇芳《すおう》の唐衣《からぎぬ》、松重の表着《うわぎ》、紅の打衣《うちぎ》、菊重の五衣《いつつぎぬ》、白の単《ひとえ》。真に豪華で、上品な装いであった。

「うむ、待ちかねたぞ」

後鳥羽が高揚した声で言う。

局の背後に、護摩壇《ごまだん》が組まれている。壇には髑髏《どくろ》一つが置かれ、明々と燃える松明に妖しく煽

られている。壁一面に飾られた曼陀羅《まんだら》や、三面六臂《さんめんろっぴ》の金剛夜叉明王《こんごうやしゃみょうおう》像も炎に揺れていた。

局は、護摩壇に向かって居住まいを正した。後鳥羽も局に並んで座る。

不二尼は、二人の背後で深々と平伏した。

「丹後、高野、天川《てんかわ》と巡礼していた頃、知り得た外法《げほう》でござりますれば、失礼仕《つかまつ》ります」

不二尼はそう言うなり、着衣を脱ぎ捨て素っ裸になった。

萎《しな》びた乳房や女陰を隠そうともせず護摩壇に向かって行き、胡座をかく。

「この刻より新月が満ちまする。丁度、我が力も頂点に達し、修法には良き時……」

尼は護摩壇に油を注ぎ入れ、智拳印《ちけんいん》を結び呪を唱え始めた。

陀吉尼《ダキニ》　縛日羅駄都鑁《バザラダトバン》
陀吉尼　阿卑羅吽欠《アビラウンケン》
陀吉尼　縛日羅駄都鑁
陀吉尼　阿卑羅吽欠

一心不乱に真言《マントラ》を唱え続けるうち、護摩壇の炎に不自然な動きが現われた。右へ左へと長く伸び縮みし、明らかに人のような形や、鳥や獣の形を取り始めたのである。

尚も不思議な事に、不二尼の身体にも異常な変態が現われた。

尼の全身に滝のような汗が流れている。それが激しくなるにつれ、萎《しな》びた乳房にぴんと張りが戻り、肌の皺《しわ》が消え、見る間にその容姿が若返って行くのである。

仏の奇跡か、それとも妖しの術であろうか——。

「ご覧なさりませ、これが不二の力ですぞ。なんと羨《うらや》ましい……」

局はどこか恍惚《こうこつ》とした表情で、後鳥羽に囁いた。


一方、護摩壇の摩訶不思議な炎は、ゆらゆらと変化し続けている。

これをじっと見つめていた丹後局と後鳥羽であったが、ついに局が痺れを切らし、炎の影に語りかけた。

「雅仁《まさひと》様、そのように何時までも戯れてばかりおられず、覚悟を決めて出《い》で給《たま》いませ！」

はーーあっ

諦《あきら》めの溜息が部屋中に響いた。

揺れる炎が、まるで絵に描いたそれのようにぴたりと静止し、その上に影となって姿を現わしたのは、後白河天狗であった。

「それでは私はこれにて、お話には関わりますまい……」

白髪の十七歳の娘となった不二尼は真言を止め、音もなく隣の部屋へと姿を消した。

「お祖父様、お久しぶりでございます」

後鳥羽ががばりと頭を下げた。

後白河は不安げに辺りを見回している。

『尊成《たかひら》、栄子《えいし》……また余をこのような場所に呼び出して、どう致したのじゃ。余は京へは余り来とうないと言うておるじゃろう』

局は落ち着き払った声で咳払いをした。

「雅仁様、兄・崇徳《すとく》様のことが御心配なら、大丈夫でございますよ。ここは亡き御父上・鳥羽法王様の御所、崇徳様が入ってこられる場所ではございませんわ」

鳥羽院は祖父の白河院に妻を寝取られた。そこで生まれた子供が崇徳である。鳥羽院は、崇徳を「叔父子《おじご》」と嫌って、生前はこれを帝位から追い落とし、やがて実子の後白河を帝位に立てた経緯がある。崇徳が鳥羽離宮に入るのを、鳥羽院がおめおめと見逃す筈はない。

局はゆったりと笑って、

「万が一のことが無きようにと不二尼も結界を作っております。さあさあ、出で給いませ」

『本当に大丈夫かのう?』

後白河はまだ逡巡《しゅんじゅん》している。

「ご安心下さいませ、もしお祖父さまを脅かす怨霊が来たならば、たとえ、鬼であろうと天狗であろうと、この尊成が斬り捨ててくれましょう」

後鳥羽が力強く答えた。

後白河はようやく安堵したらしく、はらはらと嬉し泣きの滴《しずく》をこぼした。

『なんと心強い、なんと心強い言葉じゃ。尊成よ、そちはほんに良い子じゃ。誰も彼もが余に盾突いて、悲しい思いをさせる中、お前だけは余を心から慕ってくれる。栄子の言う通りにそちを天皇に指名して真に良かった』

「お祖父様……」

『おお、尊成よ……』


さて、後白河という男、自分の気に入った者に対しては極めて情が深く、涙脆《なみだもろ》い。逆に気に入らぬ者には、とことん底意地が悪く、辛く当たるという、多情多恨の性格であった。

そうして、気紛れに人を重用したり、溺愛したり、贔屓《ひいき》の引き倒しをする事が、しばしば深刻な争いや政変の引き金となったのである。先の義経への寵愛の結果もその悪い例だ。

結局のところ、この上もなくはた迷惑で、利己的で驕慢《きょうまん》な人間には違いなかった。

ところが、本人にはそういう社会的自覚が一切ない。ただ純粋に情念で動く。

それであるから、寵愛を受けた方も、たとえその身が結果的に害を被《こうむ》り凋落《ちょうらく》しようと、よもや後白河の我が儘に振り回されたとは思わずに、彼を慕い続けるのだった。

真に不思議なものは人の心である。


生前より祖父に溺愛されていた後鳥羽も、後白河のペースに呑まれて貰い泣きを零した。

「尊成は……お祖父様のご恩とお志を忘れてはおりませぬ」

『おお、おお、尊成よ……』

二人の男が、めそめそと泣き続ける。

丹後局も「よよ」と、か細い声をあげ、袂で顔を隠したが、涙は出ていなかった。

「ああ……私もついつい、涙が溢れてしまいまする……。なんと美しい親愛の情でございましょう……。けれども、泣いてばかりでは、お話もできませぬぞよ……」

局の言葉に、二人の男は袖で涙を拭《ぬぐ》った。

「ああ、お祖父様、そうでございます。今日は大事な御相談があるのです」

『おお、何じゃ、何なりと申してみよ』

「はい、この尊成の集めた北面・西面の武士共は、鎌倉の勢力に迫る勢いとなって参りましたぞ！」

後白河はその言葉に、ぱっと顔を輝かせた。

『おおっ、ついにか！　これであの生意気な頼朝に泣きをみせてやれるぞえ～』

丹後局は目元を拭う素振りをしつつ、前に進み出た。

彼女は、この時代にして『女政治家』と言われる程の策士である。血気に逸《はや》る若き上皇の思惑ほど簡単に、事が進むとは思っていなかった。

こうなれば蛇の力でも、鬼の力でも、天狗の力でも、
利用出来るものなら全て利用して、何とか私の覇権を保ってみせる！

――局が妖しの技を使って、後白河まで呼び出しているのもその為である。

局はしなを作り、いかにも心許《こころもと》なげな瞳で後白河を見上げた。

「そこの所でございます。……取り敢えず入内を餌にしておれば、上皇様のご意志に鎌倉が面と向かって刃向かう事は出来ぬと存じまするが、実際の所、あちらの様子は如何でございましょうか？　いずれ入内を断る時、それが決戦の時になるのでしょうが、今はまだ……そう、北面・西面の武士達も、これから鍛えて行かねばなりませんし。それが心配なのでございます」

後白河は、ひっひっひっ、と笑った。

『余に任しておけば良いぞえ。頼朝などに決して院政の邪魔はさせまいて。色々と手は打っておるのじゃ。それに、頼朝の正室・政子は入内に反対でのう、夫婦で揉めておるのよ。その辺りも利用して、内部分裂を謀っておるゆえのう』

「まぁ、頼もしい、さすが雅仁様でございますわ。でもどのように？」

丹後局の目が、蒼《あお》く輝いた。

『鎌倉御家人共の思惑もあれこれ交錯させておるし、内部分裂までもう僅かじゃ。頼朝めの命運も、まさに尽きようとしておるぞよ。ひひひひひ。そうなれば、後に残るは虫憑きの頼家と、僅か六歳の千幡《せんまん》……如何様にも料理できようて』

そこで後白河の目がギラリと光り、二人を見た。

『今やこれを邪魔しておるのは、陰陽師の呪のみよ』

後鳥羽と丹後局は不安げに顔を見合わせた。

「お祖父様、陰陽師の呪は強いものだと聞き及びますが……」

後白河は扇の陰でうっすらと微笑んだ。

『さて、そこが問題じゃ。されど、たかが一人の陰陽師、その呪にも限界があろうよ。まず手始めに、この鬼一法眼なる陰陽師を鎌倉から引き離そうぞ。お主らも協力してくれよう？』

「如何致せば宜しいのですか」

後鳥羽が身を乗り出した。

『陰陽師めを京に呼びつけて欲しいのじゃ。安倍上に命ずれば、法眼も断れまい』

「分かりましたわ。私が仮病を使い、安倍に命じてその者を……」

局が言った。

後白河は満足げに、くくくく、と笑った。

『鎌倉守護の呪は、鎌倉内にのみかけられておる……。その間に余が頼朝を鎌倉から誘い出し、料理してくれようぞ。ひっひっひっひっ……これは面白くなってきたわいのう』

局は袂の陰で婉然と微笑んだ。

「私に良い案がございます。稲毛入道《いなげにゅうどう》が内室の追善供養に相模川《さがみがわ》に橋を架けていると聞きました。稲毛入道と言えば、政子を通じて頼朝とは義理の兄弟。その橋供養に頼朝を行かせるのです。橋が完成しそうな頃に、私が安倍上を通じて、その法眼とやらを京へ呼ばせます」

「成程……。しかし、誰の口からそれを勧めるかが問題です」

後鳥羽が難しい顔で呟くと、局も「そうですわねぇ」と困り顔をした。

その時、後白河の顔に嬉々とした表情が浮かび、飛び上がらんばかりに手を打った。

『おお、それに適任の者、余に心当たりがあるぞえ〜。これで全ては上手くいくぞよ。さすがは栄子じゃ、ほんにお前は頭の良い女御じゃのう』

「まぁ……お褒め頂いて嬉しゅうございます」

丹後局はぽってりとした唇に手をあて、悩ましげに微笑んだ。

これを廊下で漏れ聞いていた通親も、目に策謀の光を漲《みなぎ》らせた。

18

翌日の朝、水鳴は見融のねぐらにやってきた。

「見融、兵衛、迎えに参ったぞ！」

――返事がない。

がらりと戸を開けると、行灯《あんどん》下の座布団に、式部が体を丸めて眠っている。石榴《ざくろ》を入れた担ぎ桑折は部屋の中央にポツリと置かれていた。

「おい式部、起きよ、主人と兵衛は何処じゃ」

式部は耳をピクリと動かしただけだった。水鳴は式部を蹴飛ばした。式部は余程驚いた様子で逆毛を立てて飛び上がり、ふぅふぅと唸った。

「行儀の悪い奴じゃ。もう少し人間らしく振る舞えと見融に教えてもらっておらんのか！　おい、主と兵衛は何処に行った！」

水鳴は怒鳴ったが、式部は辺りを見回し、首をぶるぶると振るだけだ。

全く……大事な物を放ったらかしにしよって
あの女の所には、兵衛一人に行かそうと思っておったのに……

水鳴が憂鬱《ゆううつ》顔で思案していると、塀を乗り越え、庭にぼとりと落ちてきたものがあった。

半猿半人姿の見融である。

水鳴は「あっ」と叫んだ。

「なんじゃお前、荷も放り出して何処に行っておったのじゃ！　それに何じゃそのムサイ格好は、本性が出ておるぞ」

見融は気まずそうに頭を掻きながら、ぺこりと頭を下げた。

「そのう……村上様が『どうしても京の風水の乱れの原因を知りたい』って仰るから、貴船にご案内して差し上げたんですのよ。そうしたら、バッタリ魔王僧正坊さんに会っちゃって……あの方の気合いにあてられ妖力が萎《な》えちゃったんですわよ。本当にもう……こんな格好じゃ路《みち》も歩けずに困っちゃう」

「山へ行ったのか！　余計なことをする奴じゃ。あっ、それよりお主まさか、また人を食らう悪癖が発病したのではあるまいな」

見融は飛び上がり、ぶるぶると首を振った。

「まさかまさか、まさかでございますよ、水鳴様。人食いなど親方様に調教されて以来、一度もしてございませんわ。もう人肉なんて不味いものはこりごりでございますわよ。昨夜は、村上様が京が荒廃している訳を知りたい、知りたいとしきりに仰ったから、山に入っただけなのよん」

ふーーん、と水鳴は冷たい視線を見融に送った。

「で、兵衛はどうした」

「魔王僧正坊さんがね、手下の剣術の稽古相手に一寸預かると仰ってましたわ」

見融がくねくねと身をよじると、水鳴は足を高く踏みならした。

ひぇっ、と見融が頭を抱える。

「余計な真似をしおって！　僧正坊ならば兵衛を取って食うこともあるまいが、まろの計画が台無しじゃ。罰じゃ、お前、そこの桑折を持って、まろに付き合え」

「……あのう、どこに行かれるんですの？　怖い所はイヤよん」

「五条堀川《ごじようほりかわ》の家よ」

「あっ、そうそう、親方様の母上様に毎年のお届け物ですわよね……。でもあたくし、こんな姿ですのよ。これじゃあ人には見えませんわ」

「ふん、余計なことを言っておらず、早《はよ》うしろ！　服を脱げ、服を。さすれば、人には見えぬが奇怪しな猿には見える。それと、そこの桑折を忘れるなよ」

見融は、あたふたと裸になり、桑折を背に抱えた。

五条堀川一帯には長い間棄て置かれた空き屋が多い。其処此処《そここ》に『化け物屋敷』と呼ばれる家もある。

法眼の母は、通称「澪《みお》の方《かた》」、本名を玉垣《たまがき》という。

彼女の家もまた、庭は荒れ放題、屋根も破れている有様で、一見すると無人の邸のように見える。何しろ実家から宛《あてが》われた女御はたった一人、それが一切の面倒を見ているのだから、手が回らぬのも仕方はない。

だが、どうにもその荒れようが年々酷くなって行くように思われる。

龍水がこうまでしておるのじゃ

女御の五人や六人雇い、こざっぱりと暮らしておれば良いものを……

水鳴はますます憂鬱になっていた。

「見融、そっと行って桑折を縁側に置いてくるのじゃ」

「へっ、水鳴様は行かれないんですの？」

「まろは行かぬ」

桑折の中にはよく熟した石榴と、一年分の生活をまかなえる銭、反物《たんもの》や御酒などが入っている。

水鳴は毎年、法眼の命で名前を告げずにこれらを渡しているのだが、何を勘違いしているのか、女御は、玉垣に懸想《けそう》している公達からの使いと思っているようだ。

水鳴に向かって、「何処《いずこ》の何某《なにがし》の君の使いであられるのか？」と、しつこく訊ねる。

……それが堪らない。

気狂い女に懸想する君などいよう筈もないのに、あらぬ夢を見ている姿が哀れを通り越して薄ら寒い心地がする。

当の玉垣の方も、狂っているなりに事態を歪《ゆが》めて解釈している。彼女はそれを夫・賀茂憲栄《のりよし》からの仕送りと誤解しているらしい。

……何《いず》れにしても龍水は報われない。

だが、本当の事を言ったとしても、玉垣が回復する訳でもなければ、夫が玉垣と復縁する筈もない。何にしても遣り切れない事ばかりで、水鳴は心底からこの役目が嫌いだった。

見融は、ひょいと高い垣に飛び上がり、人気《ひとけ》が無いのを確かめた。素早い仕草で桑折を縁側に置き、草陰から様子を窺う。

ややあって通りかかった女御が、桑折に気づき、嬉しそうな声を御簾《みす》の奥に向かって張り上げた。

「姫様、いつもの石榴の君から、お届け物でございますわ」

「あな、嬉しや。憲栄どのはわらわのことをお忘れではござりませぬ」

御簾の奥から、細く揺れる調子外れな声が答えた。

女御がいそいそと桑折を奥へ持って行く。

「ああ、美味しや、美味しや」

狂女の甲高い笑い声が邸に木霊した。

「ああ、姫様、一度に全部食べては駄目でございますよ」

女房が狼狽えた声を発した。


「……届けましてよ」

見融の報告に水鳴は頷き、黙って馬を歩かせた。尻に座っている見融も黙り込んでいる。

「見融、まろはもう鎌倉に帰る。お前は兵衛が戻ってきたらそう伝えるのじゃ」

力ない水鳴の言葉に見融は頷き、そっと馬の尻から飛び降りた。


空き屋の建ち並ぶ通りを進む水鳴は、七条大路の辻に人影を認めた。

尼である。尼僧頭巾の間から、白髪が覗いている。尼は一棟の家の中を窺っている様子であった。

「お主……不二尼ではないのか、何をしておるのじゃ」

尼はゆっくりと振り返り、しっ、と沈黙を促した。

その面を見て、水鳴は思わず息を呑んだ。顔立ちは確かに不二尼だ。しかし昨晩見た時より遥かに若い。姉達よりも若いかも知れない。

これはやはり八百比丘尼、噂は本当のようじゃな……

水鳴は馬を下り、尼に近づいた。

「不二尼よ、お主、人魚の肉を食べたのか？　昨夜より三十は年若くなっておるぞ」

すると、尼は濃い翳《かげ》りをおびた鳶色の瞳を静かに閉じた。

「八百比丘尼の噂では、そのように言われておりますとか……。もう遠い昔の事で定かではございませんが、私は人魚を食べたのではありませぬ。……この身は不老不死では無く、ただ月の満ち欠けに応じて素早く年を取り、新月に再び若返ることを繰り返しておりまする……。そうこうする内に、五百年そこらは経ったでしょうか……。ええ……もう自分でも幾つになったやら、覚えてもおりませんの」

乾いた声であった。だが、水鳴は疑わしげに鼻を鳴らした。

「成程な、それで今は丹後局に匿《かくま》われ、不死の薬をあの女に分けてやっておるのか」

「不死の薬など、この私に作れるわけがございません。ただ、長年生きておりますから、若さを保つ秘訣《ひけつ》ぐらいは知っておりまする。局様には、肌を荒らさぬ特殊な白粉と、強壮薬をお作りしているだけでございますよ。局様は『不死の妙薬』と信じておられるようですが、その信仰もまた効き目に作用致しましょうから、あのように若々しくおいでなのでしょう……」

「なんだ、そういう事か。だがな、お主、あんな女をいつまでも若いままにしておくのは罪だぞ、もっと毒のない場所に身を移したらどうじゃ」

随分不遜な物言いであったが、不二尼は怒りはしなかった。

怒りも悲しみも喜びも洗い落とされたかの如き様子で睫《まつげ》を伏せ、静かに微笑んでいる。

「尼寺に暮らしていた私の噂が、局様のお耳に入り……。今はよくお世話をして頂いておりまする。この通り、人に姿を見られれば怪しまれ、出歩くことも憚《はばか》られる身の上……所詮《しょせん》どなたかのお世話になって生きるよりない運命でございます。流転《るてん》の先を自ら決められるものではございませぬゆえ」

「そうか、事情は分かった。ならば、こんな所で何をしておる」

尼は一軒の家の荒れた庭を指で示した。

庭に老婆がいる。髪はぼうぼう、着るものも粗末な山姥のような老婆である。そんな老婆が庭の黒石に、幾重にも幾重にも着物を巻き付けていた。それも何処かで拾ってきたボロ着物をだ。そうして、しきりに「寒くないかえ、寒くないかえ」と石に向かって訊ねている。

どう見てもまともではない。

「なんじゃ、あの奇怪《おかし》な婆は?」

水鳴が眉を顰《しか》めた。

「そう言うて下さるな。哀れな母親でございますよ……」

不二尼は答え、不意に顔を上げて水鳴をじっと見た。

「貴方……龍水どのの女御であられましょう」

「お主、龍水を知っておるのか？」

「安倍様の元に身を寄せていた折に、そう随分と昔にお世話したことがございます。あの方がそう……四つ、五つの頃でした」

「尼は龍水の乳母をしておったのか」

尼はにっこりと笑った。

「そのようなもの、でございましょうか。昨夜は金剛心院でお会いしましたわね」

「丹後局はあそこで何をしていたのじゃ、また悪巧みであろう」

「お仕えする主人のことを、私の口からあれこれ言う訳には参りませぬ。それは部外の者の心得でございましょう」

尼は落ち着き払って答えた。

「ではこれには答えられぬか、あの婆はお前の知り合いか？」

庭に蹲る婆を、水鳴は指し示した。

「それにはお答え出来まする。あの者とは、直接話をしたことはございません。しかし、あの者の事はよく存じております る」

「何者なのだ？」

「あの者は、地方の豪族の娘でございました。都のさる尊い御方が熱田詣《あつたもう》でをした折に、雨に合われて、あの者の家に立ち寄られる事がありました。煌々《きらきら》しい公達を伴われ、あの者の家を一夜の宿とされたのです。尊い御方とあの者は一夜の契りを……。翌日、男は香袋と和歌を一首、形《かた》見《み》として授け、必ず京への迎えを寄越すと約束されました……」

水鳴は長く呆れた溜息を吐いた。

「よくある話じゃ。京の男はいい加減じゃからな、迎えなど来る筈がない」

「左様でございますね。京の女なら、それも戯れの睦言と分かるのでございましょうが、田舎娘のことにございます。あの者は今日か、明日かと公達の迎えを待ち続け、一人の女子を産んだのでございます」

「その公達の子供をか」

「はい、愛らしい赤子でございました……。そうして母と子が行く年も行く年も、今日か明日かと父を待つうち、子はそれは美しい娘に成長いたしました。国では娘に多くの縁談話がございました。ですが、母は、やんごとなき血を引く娘を田舎下郎の嫁にしては哀れと、父を頼って二人で京へ出てきたのです」

「なんとまぁ……そのような昔の一夜限りの出来事など、相手が覚えておる訳がないわい。京の男など、毎日、毎日、別の姫に文《ふみ》を書く色狂いだというのに」

水鳴は怒ったように言った。

「……男は何かの事情で来られぬのだろう、子の顔を見れば全てを思い出してくれる筈、と、母は疑う事を知らなかったのでございますよ。けれども娘は、京へ着く寸前に、長旅の疲れから病になり、あっけなく死んでしまったのです……」

「……ではあの婆が手を合わせているのは、娘の墓か？」

尼は静かに頷いた。

「どこにも身よりのない京で、この空き屋に娘の軀《からだ》を埋めた母は、すっかり自らも正気を失ってしまいました。ああして、毎日、娘の墓を生きているかのごとく扱っておりますのよ。男でも命がけで生きていかねばならぬこの都のこと。あれは夜を待って野を彷徨《さすら》い、死体から服をはぎ、その肉を取ってきて食べ、石にも与えようとするのです。必死で娘を養っているつもりでございましょう……。見ているだけで胸が痛くなるような修羅《しゅら》の生活でございます。……ですが昨今はすっかり体も弱り、恐らくもう長くはないでしょう」

老婆は、はらはらと涙を流して石を抱いている。水鳴の胸には大きな疑問が膨らんでいった。

「子を失う事が、狂う程に辛いのか？　石を娘と思い詰め、そのような生活にまで耐えるとは……、母とはそういうものなのか？　まろの知っている母はそうでもないぞ」

「貴方の母君がどのような方かは存じませぬが、子を思わぬ母はおりませぬ。貴方に辛くあたったのだとしたら、何か余程の事情があったのでしょう。お可哀想に、貴方は母の愛を知らないのですね……」

「まろはお可哀想なぞではないわ。母など居ずとも、まろは幸せじゃ」

はっきりと言い放った水鳴を、尼はじっと見つめた。尼の目元が綻《ほころ》び、懐かしげな切なげな、人間らしい表情がその顔に浮かぶ。

「どうしてそのようにまろを見る」

「私のような者にも、昔は娘がおりました。愛らしい娘でした。何物にも代えがたい宝のような娘でした。……貴方様は少しその娘に似ておりまする……」

答えた瞬間、尼は何事か思いついた様子だ。

「白拍子どの、一つお願いがございます」

「なんじゃ？」

「暫くの間だけ、あの者の娘となってくれませぬか？　このままあれが死ねば、六道《りくどう》の道に落ちるのは必至、あの世に行っても娘と会えぬでしょう。せめて幸福な夢を見せ、人間らしい正気の心を取り戻してやりたいのです。そして見送ってやりたい。……そうすればいつかは、あの世で娘と会うこともできましょう」

水鳴は突然の提案に戸惑った。

「急に娘になれと言われても、赤の他人が簡単に親子になれる訳はないじゃろう」

「私は人の記憶をすげ替える秘術を存じております。それをもってあの者に、貴方を自分の娘だと思わせれば、出来ぬことではございません」

「待て待て、まろは龍水の使いをしておる最中じゃ、今日にも鎌倉に帰らねばならぬ」

「龍水どのには、私からお許しを願います。何なら、あの者と共に鎌倉に戻れば良いのではありませぬか。一生そうしろと言うのではありませぬ、私の術もそう長く続くものではないのです。そう……二ヶ月、二ヶ月の内には術も消え、あの者の命も尽きるでしょう。どうか哀れな老婆を救うと思って、お役目を引き受けてくれませぬか？」

水鳴は大声で泣き騒いでいる老婆をチラリと見た。

「それ位の事で、あの婆がどうにかなるというならば、やってもよいが……」

「本当でございますか？」

「よいが、ちゃんと龍水には取りなしてくれよ」

「勿論でございますとも。そうと決まれば私に付いて来て下さい」

「どうする気だ」

「白拍子そのままのお着物では不味うございましょう。まずはお着替えを致さねば……」

好奇心の後押しもあり、水鳴はこの奇妙な成り行きに従う事にした。

「のう、それにしても不二尼よ、どうしてあんな気狂い婆の事を、そうまで心配してやるのだ」

「同じ……母というものなれば……」

19

一方、兵衛は羅城門の側で目を覚ました。

東の空が白い。朱雀大路には、早くも朝の商い者が行き交っている。

霧の中、大路の向こうから赤馬が近付いて来た。

兵衛は慌てて身を起こした。魔王僧正坊部下の百匹の鳶天狗と朝まで稽古試合を続け、まさに心身疲労しきった身体である。

「す、水鳴どのは……」

呟きながら腰に手を当て、何とか赤馬に這い上がった。見融のねぐらに行ってみたが、見融も水鳴も居ず、荷もない。

「たっ、大変だ！　水鳴どのを見失ったぞ！」

兵衛は冷や汗をかき、赤馬を全速力で走らせた。


不案内な京を当《あ》て所《ど》なく捜しても埒《らち》があかん、まずは龍水どのに報告だ！

赤馬は飛ぶようにして駆け、夕刻には鎌倉の北西、化粧坂へと辿り着いた。

明々とした西日が山と空とを染めている。法眼の邸は、色づいた紅葉に彩られ、あたかも紅蓮《ぐれん》の炎の内で燃え上がっているようだ。

兵衛はそこでふと、奇怪《おか》しな事に気付いた。


待てよ……昨日はこんな紅葉があったかな？

そう言えば吹く風も、つんと肌寒いような気がする。どうにも奇妙な感じである。

な、何かまた……良からぬ事態になっているのではないだろうな

ぞくりと背筋に悪寒を覚え、兵衛が邸の板戸に近づいて行くと、待ち構えたように内から法眼が戸を開いた。

艶やかな紅の上に白銀の鹿と金糸の紅葉が舞っている、何とも優雅な公達姿である。

「戻ったか、兵衛」

兵衛はぎょっ、と驚きに後ずさったが、慌ててがばりと頭を下げた。

「おっ、俺はしまったことをしたのだ」

「どうした」

「実は今朝、肝心の水鳴どのを見失ってしまったのだ。申し訳ない。水鳴どのから連絡などはあったか?」

「ああ。水鳴なら、今日、明日中に戻ると、使いの者から聞いているぞ」

「そ、そうか、無事だったのなら良かった……」

兵衛が安堵の息をつく。

「そうだ、まぁ上がれ」

法眼がついっ、と奥に消えていく。そのあとを追った兵衛は、いつもの部屋に通された。何時の間にか、模様替えがなされている。

部屋に北側に化粧台がある。下の壇に菊の花が生けられ、上の壇には銀色のススキが生けられていた。ススキと共に鏡が置かれ、餅と神酒が添えてある。三方に栗と豆が供えられている。

――『後《のち》の月見』の支度であった。

兵衛は、ぐっと眉間に縦皺を寄せ、首を捻った。

「龍水どの……つかぬ事を訊ねるが、今は何時だ」

法眼は袂で顔を隠し、ククと笑った。

「もしや……もう、秋なのか……龍水どの、そうなんだな?」

「長月《ながつき》十三夜がほど近い。お主が京へ発ってから、十日余り経とうかなぁ」

法眼がゆったりと答えた。

「十日！」

兵衛は上擦った声で叫んだ。

「まあ、十日ならば良い方だ。お主、僧正坊に捕まったのだろう？」

「そっ、そうだな、十日ならば前よりは大分と良い方だな……。そうか、俺は十日も天狗界で稽古試合を……道理で身体がぼろぼろになる筈だ」

兵衛は唸り、肩をさすった。

「見融がお主を山へ連れて行くとは、おれも読み切れなかったのよ。ご苦労だったな」

「おお、その見融の事なのだが、途中で猿に化けたんだ。一体あれは何者だ？」

「ああ、あれはおれが使っていた式神よ」

法眼はさらりと言った。

「式神？　しかし……奴は猫の式神を使っていたぞ」

「元が只の紙人形ではないからな。そう、八年ほど前にな、貴船山に神社詣でする者が次々に食い殺される事件があったのよ。おれが依頼を受けて退治に行くと、出てきたのは大猿の化け物だった。それが見融よ」

「なんと、あのとぼけた爺が、人食いの大猿だったとは……」

「ああ。野生の猿が、山の霊気を受けて半妖怪化したのだな。面白いので、おれが調教して式神として使っていた訳よ」

法眼の赤い瞳が、きらりと光った。兵衛はぞっとして、

「全然面白くなどない。人食いの化け猿など恐ろしいぞ！」

「力のあるいい式神を作るには素材探しが大変なのだよ。ああいうのも良いかと思ったんだが……何しろ元が猿だろう、小賢しくて悪戯者《いたずらもの》、何時の間にやら陰陽の術まで真似し始めたのでな、破門したという訳だ。まあ、今も緊縛だけはしているがな」

「それで人の世に紛れて綴法師などして生業《なりわ》っているとは、太い奴だな」

「ああ。愉快な奴だろう？」

兵衛が言葉に詰まったその時である。二郎丸が麻布を山のように詰めた籠を持って庭を横切った。

「あっ、あれは銀杏の木に結わえていた麻ではないか。取ってしまっていいのか？　牛頭天皇を封じる為の呪を施していたのだろう？」

「ああ、もう呪は完成したからな」

「そうか、完成したのか、それは目出度い」

何処か上の空で言いながら、兵衛の目が訝しげに二郎丸を追っている。

法眼はその様子を見て、ふっ、と笑みを漏らした。

「兵衛よ、二郎丸の素性が気になるのだろうが、あれは妖しい者ではない。二郎真君の金仏を貰い受けて式神にしたものよ。

平安京は秦氏《はた》の造った都ゆえ、古い唐神《からかみ》の社があちこちにある。あれもそうした社に祀られ、五条大橋の河原者《かわらもの》達の信仰を集めていたのだ。だが河川の氾濫《はんらん》で社が壊れ、祀る場所がなくなった。それでおれの所に来たのだよ。人々の信仰が長い時間蓄積された、あれは良い式神だ」

「おおっ、そうか、ならば良かった。何だか安心した。……あっ、そう言えば、俺の式神の方は、勤めをちゃんと果たしていただろうか」

「心配なら帰ってもいいぞ」

「そうか、ではまたな」

兵衛は法眼邸を後にした。


琵琶大路の自宅に帰る途中、畑を耕している智久に出会った。

下級武士は、家の庭に小さな畑を作って半農生活をしている。今は糸瓜《へちま》や芋、人参《にんじん》などの収穫時であった。智久は兵衛の姿を見ると、鍬《くわ》を肩に担いで近づいてきた。

「おお、兵衛、夕飯の支度はしてるのか?」

「いや、まだだ」

「そうか、なら今日はうちの家で食べるがいい、美味《うま》い瓜《うり》の漬け物が上がったんだ」

智久は黒光りした額に滲む汗を拭きながら、太い眉をぴくぴくと動かした。

「それは忝《かたじけ》ない。白菊《しらぎく》が居なくなってから、お主の家には世話になりっぱなしだ。女房殿は怒っていないか？」

「怒っているものか。あいつが気の毒がって、お主を食事に誘えと五月蠅いんだ」

「そうか、ならよいが……」

兵衛は不安になって智久をちらりと見た。

「なぁ、智久、俺はここ数日、少し奇怪しくはなかったか？」

智久は鼻息を荒くして頷いた。

「ああ、そりゃあ奇怪しかったとも」

「えっ、どんな風にだ！」

「ここ数日のお前は、気が利き過ぎた」

智久がきっぱりと言う。

兵衛は呆然と黙り込んだ。

「仕事の手順もいつになくテキパキとしておったし、戸川様も『村上という男はなかなかに使えるではないか』と側近に漏らされたと聞く。俺の居ぬ間に、うちの竈《かまど》の穴を直してくれたものだから、女房ときたらえらくご機嫌だ。おかげで俺の株が下がってしまった。全くお前らしくないぞ、お前はもっとこう……ぼうっとしている方が良い」

どうやら式神は、自分以上に上手くやっていたようだ。兵衛は複雑な気持ちになった。

「そっ、そうか、俺らしくなかったな。暫く気を張っておったからな。だが、そうそう続かないから安心してくれ」

「そりゃあ、そうだろう。お主がずっとあんな調子だったら、こっちの肩が凝ってしまう。なぁに、無理せんでも、お主はそのままが一番だ」

智久は大笑いをして、兵衛の肩を二度ほど強く叩いた。

20

さて、兵衛が天狗界で悪戦苦闘していた頃、鎌倉では御家人会議が開かれていた。

大倉幕府の大広間に有力御家人一同が集《つど》っている。

正面の壇上に頼朝。壇と垂直に机が六つ並べられ、大江・中原・二階堂・三善の四博士および書記二名が控えていた。

壇に向かって右手の壁際に、三浦、和田、畠山、千葉、新田、八田、北条、大友、大庭、梶原……東国武士達がずらりと顔を揃えている。

左手には、次期将軍・頼家の席（但し、其処に本人の姿はない）。続いて、比企、安達、足立、小山といった頼朝近臣が続き、河越、足利、伊賀、小笠原など諸豪族が居並んでいた。

「頼家はどうしたのじゃ？」

頼朝の問いかけに、滝のような冷や汗を流したのは頼家の乳母夫・比企能員《よしかず》だ。

「はっ、はい、この数日来の高熱が下がらず……」

必死で言い訳をする能員に、御家人達の訝しげな視線が集中した。三浦や北条はあからさまな嘲笑を浮かべている。

能員は身を縮め、息子達と目配せを交わし合った。

頼家は今朝突然、「余は鷹狩りに行くぞ」と言い出したのだ。これを必死に押し留め、蹴鞠師《けまりし》を呼び、女をあてがい、何とか比企邸内に留まるよう哀願懇願した上で、会議に出席している比企親子である。邸の様子が気になって、彼ら自身も会議どころの気分ではなかった。

「そうか……」

頼朝は気弱そうな溜息を漏らした。

「大殿、そろそろ議題の方に」

大江が言ったのを合図に奥の襖が開き、北条政子が現われた。四博士の隣に歩み寄り、頼朝と対峙する形で着席する。

政子の険しい視線を浴びて、頼朝はうんざりした。政子を「東武士のシンボル」と見立てて頼朝に対決させようという、四博士の目論見《もくろみ》は分かっている。今日は長い会議になりそうだ、と頼朝は思い、会議では曖昧《あいまい》な発言に終始しようと心に誓った。

「さて、政子どのが放生会の労《ねぎら》いに回られた際、私達も同行させて頂きました。その結果、今日のような形で会議を催す事が必要と悟り、こうしてお集り願ったという訳です」

大江が慎重に言うと、政子と御家人一同が神妙に頷いた。

場の空気がピンと張りつめる。

次に三善が、問注所に寄せられた苦情を纏《まと》めて述べ、三浦から順に御家人達の意見が奏上される。

頼朝は無表情にこれを聞き、「うむ、そうか」と細い声で逐一《ちくいち》答えた。

会議は順調に進み、夕刻にまで及んだ。

いつしか場に倦怠《けんたい》感が漂い出し、和田などはうつうつと半眠状態である。こうした状況を見取った三善は、いよいよ「大田文作成」を提言する。

政子が大きく頷き同意を示すと、御家人達も各々頷いた。

壇上の頼朝は、御家人達の思いが政子の頭上に集結し、自分に突き刺さって来るような幻覚を見、眩暈《めまい》を覚えた。

「そういう大事な時ですから、他の諸問題よりもまず大田文作成に全力を注ぎませんと」

中原の低い声に、頼朝は渋々と頷いた。

会議が終わり、簡素な酒膳が一同に振る舞われた。

比企能員の子・三郎は、宴席をそっと抜け出し、馬を駆って邸へ飛び戻る。

よもや邸が炎上しているのでは、などという最悪の予想が的中する事もなく、比企の邸は一見、平穏そのものであった。

三郎は弾丸の如く、庭内に駆け込んだ。

「殿ーっ、殿ーっ！」

三郎の叫び声に、蹴鞠中の十人程の男女が振り返る。その中に頼家の姿がない。

「とっ、殿は？」

青ざめた三郎の背後でがらりと板戸が開き、縁側に頼家が現われた。

「五月蠅いぞ、三郎」

頼家の着物の前ははだけ、巨大な逸物がそそり立っている。部屋の中には七、八人の女体が横たわっていた。裸体の上に生肉や生魚を載せられた女達は、何処か恍惚の表情を浮かべている。

「女体盛りじゃ」

頼家の青黒い顔がニヤリと笑うのを見て、三郎はほうっと安堵の溜息を漏らした。


ああ良かった、いつもの殿だ！


何しろ、頼家は比企家の宝である。彼が壮健で、機嫌良くさえあれば、些事《さじ》には構わないと思う比企親子であった。むしろ、頭に奇妙な瘤《こぶ》が出来て以来、頼家の性格がますます明朗になったと、最近では喜びまで感じている。但し、目を離すとどんな突飛な事をしでかすか分からない。その一点だけが、比企親子の懸念なのだった。

頼家は不審げに三郎を見た。

「何を慌てておるのじゃ。どうせ会議などつまらんものだったろうが」

「ええ、そうでございます。全くその通りでございました」

「余が将軍となった暁《あかつき》には、会議などせずとも余が全ての物事を決めてやるわ」

「おお、何と力強いお言葉でしょう！」

頼家はぎゃはははは、と笑い、庭先の女をぐいと引き寄せた。

「あれ」

儚《はかな》い声を立てた女の帯を勢い良く引っ張ると、女は解ける帯に合わせて身体を回転させ、遂には襦袢《じゅばん》姿で庭に倒れ伏した。その襟元をぐいと開くと、たわわな乳房が露わになる。

女に馬乗りになった頼家は、呆気なくこれを犯すと、

「次は誰じゃ、男でも構わんぞ」

と好色な目線を男女に向けた。

「きゃあ」と黄色い声を上げ、男女が庭を逃げ惑《まど》う。頼家が奇声を上げて追いかける。

暫《しば》し呆然とこの光景に見とれていた三郎だったが、邸の門戸が半開きになっているのに気付くと、慌てて駆け寄り、門を閉ざした。

21

蟹のような平べったい顔の中で、ぎょろりと大きな目玉がせわしなく左右に動いている。時折、鼻髭をつまみ上げ、ううーーん、と一人呻吟《しんぎん》する。

北条時政が考え事をしている時の癖であった。

範子《のりこ》は銚子を持って酒を注ぐタイミングを見計らっているが、猪口《ちょこ》は一向に空く気配がない。

範子はむっとした。

「どうしたのです、先程から獣のように唸《うな》ってばかりおいでですよ」

時政は、ぴくりと眉をつり上げた。

「いやな、大殿のことじゃ。御家人会議では大人しくしておったが、朝廷への入内に固執しておるようだと、政子が言うのじゃ」

「まぁ、あれほどの煮え湯を呑まされたというのに?」

うむ、とようやく時政は猪口を飲み干した。

「それは三幡が朝廷に入れば、北条としても箔はつくが、話はそう簡単ではないわ。頼朝が帝と縁続きとなり、関白として治世をする……。すると、鎌倉は源氏の荘園となり、結局、頼朝の一人勝ちとなるのじゃ。血筋として、わしが中央で奴より上に登れることもない。東国の英雄・将門様のようになる事も叶わぬ……」

「まあ本当に、何という事でしょうね。流人《るにん》の身であった大殿を此処まで守《も》り立ててきた北条の恩義を忘れて、こちらの意見を無視されるなんて……。それに都との結びつきなら、もう私達の娘がちゃんと作っておりますわ、北条にも箔がついているじゃありませんか」

範子は憤慨した様子で言った。そうして、時政の腿を撫で回す。

「ねぇ、あなた、このまま大殿の好きにさせて宜しいのですか？　もともとこの鎌倉に幕府を開けたのも、貴方という御方が大殿の後ろ盾になってきたからではありませんか。なのに大殿ときたら、嫡男の頼家どのに比企一族をべったりと侍《はべ》らせたり、姫の入内を内々に画策されたり、まるでもう北条はいらぬとでもいうような仕打ち……」

「確かに近頃の大殿の動きには目に余るものがあるが、何と言っても大殿の正妻は我が娘、政子。そして次期将軍たる子供らは、この時政の孫じゃ」

範子は、しんねりとした目で時政を見た。

「でもねぇ……その政子どのも頼家どのも、貴方のことをどう思っているのでしょうねぇ」

時政は、動揺した様子で範子を見た。

「ど、どういう意味じゃ」

範子は、拗《す》ねた素振りでしなをつくった。

「政子どのの日頃の態度……。私のことなどすっかり小馬鹿にされて、義理母としての礼すら取ってくれませんわ。この前お会いした時も無視されるので、こちらから挨拶しましたのよ。もしあの方が、貴方を尊敬してらしたなら、その妻である私にあんな態度をとるはずはありませんでしょう？……あの方は源氏の妻となったことで、貴方や私を見下しておられるのですわ。そればかりか、最近では義時どのまでもが、貴方を差し置いて姉上にべったり。まるで北条の主は政子様だと仰りたいご様子。それに、頼家様だってそう。比企、比企と、比企の者ばかりを立てられて、祖父である貴方にはなんと冷たいことか」

「考えすぎだ」

と、一旦は笑い飛ばした時政であったが、範子の意見も一理あると思い直した。

「ううむ、いずれにしろ大殿の暴走をこのままにしておくわけにはいかぬ」

「如何なさいますの？」

範子が身を乗り出した。しかし時政は再び唸るばかりで、なかなか返答をしない。

すると範子は突如、床に伏して「わっ」と泣き崩れた。

「あなた、何か仰って下さいな。貴方がこのように馬鹿にされたままでは、私も身の置き所がなく、心細い思いをするのですよ」

時政は女の涙に狼狽えた。

「これ、そう泣くな。お前に辛い思いをさせる気はない。上手いやり方を考えておるのじゃ」

範子は涙に潤んだ瞳を時政に向け、おそろしく大胆な事を言ってのけた。

「いっそのこと……。誰か御家人を焚《た》き付《つ》けて、大殿を討たせては如何です」

時政はしんねりと首を振る。

「いや……そんなことをすれば、すぐにわしの仕業と分かり、わしの方こそ謀反《むほん》の下手人《げしゅにん》として討たれてしまう。それに次期将軍が比企にべったりの頼家だ。却って北条には分が悪い。御輿である源氏をこの鎌倉においたまま、少しでも血筋を濁さぬようにと源氏外戚の比企から頼家の正室を取ったのは、今にして思えば不覚だった。あれほど比企と癒着してしまうとは、思いもよらんかったからのう」

「ならば、頼家殿も始末してしまえば良いのです。あんな評判の悪い方、将軍に向く訳がありませんわ。第一、大殿の義理父である貴方を、誰が下手人だなどと疑いましょう」

ますます大胆に言い放った範子だったが、時政は眉一つ動かさなかった。

「いや実はな、わしも以前、そう思って……損じたのじゃよ」

「えっ？　何時の事ですの？」

時政は長い溜息を吐いた。

「あれは幕府が許された年じゃったのう。大殿が三ヶ月ほど『鹿狩り』に出かけ、工藤祐経《すけつね》の邸に泊まっていたじゃろう」

範子は、さっと顔を青くした。

「では曾我《そが》兄弟が父の仇・工藤どのを討ち、大殿にまで刃を向けたというあの事件は……」

「うむ。わしが、御家人の何人かと申し合わせて曾我兄弟にやらせたのよ。まだ頼家も幼かったし、あそこで頼朝が死んでくれたなら、わしが政子や義時と組めば、頼家の祖父として鎌倉で摂関政治を操れると思ったのだが……損じてしまったのじゃ」

「まあ、あれは貴方の仕業でしたのね……。あの折は、曾我の兄弟が逃げるのを見て見ぬふりをする者や、大挙して陣抜けする者もあったと聞き、奇怪しなことだと思っておりましたが……。成程……貴方だったとは存じませんでしたわ」

　時政は悔しげに舌を鳴らした。

「本来なら、万事上手くいく筈だったのじゃ。だが曾我五郎《ごろう》が大殿を切ろうとした瞬間、その場に潜んでいた武士共がいて、五郎を捕らえたと聞いた。あの時、大殿の側に誰かが居る筈はなかった。そう申し合わせていた筈なのじゃ……。じゃが、どこかで景時の密偵が感づいたのやもしれぬのう」

　範子は暫く考えた挙げ句、ぽつりと言った。

「義時どのかも知れませんわよ」

「義時！　成程……言われてみればそうじゃ、曾我五郎はわしの烏帽子子《えぼしご》。本来ならあの後、わしにも嫌疑の目が向けられてしかるべきじゃった。事情を知ったのが景時ならば、そうしたじゃろう。しかし何故か、すんなりと不問に付された。……あの時は不思議に思いながらも安堵したが、もしあの失敗が義時の画策であったとしたら……親であるわしが謀反人《むほんにん》となるのも不味いので、不問に付されるよう絵を描いたとして……辻褄《つじつま》が合う」

時政は苦い顔をした。

範子は、わなわなと唇を震わせた。

「ああっ、やっぱり、義時どのと政子どのは、貴方を政から排除するつもりなのだわ！　貴方がそんな事になったら、この私はどうすればいいのです！」

範子は、きっと時政を睨み付けた。

「酷いわ、酷いわ、時政どのの嘘つき！　貴方は私に求婚する時、私を『天下人《てんかびと》の妻にしてやる』と約束なさいましたわ。ですから、私は親子程も年の離れた貴方の妻になって、このような田舎にまで来たというのに……」

この話を持ち出されると、時政は女盛りの美しい妻に滅法弱かった。

何しろ、あれ程女癖が悪く、女を政治の道具としか思っていなかった時政が、老年に至って初めて範子に会い、本心から恋うて妻にしたのである。

範子の美貌にも肉体にも目のない時政であったが、共に不敵な企みをする夫婦同士、余程に気が合う事も事実であった。

「わかっておる、わかっておる。お前に惨《みじ》めな思いをさせたまま済ます筈がないじゃろう。そうとなれば、我が子とは言え容赦は出来ぬ。この時政の大望を阻《はば》む者は、誰であろうと倒すのみじゃ。まずは、政子・義時両名が頼みとも盾ともしている大殿が最初……。むうっ、何か良い機会はないものか、そして次の頼家をどうしたものか……」

範子は瞬間、がばりと時政に抱きついた。

「いざという時、北条が将軍として立てるのに相応《ふさわ》しい人が思い当たりましたわ」

耳元で囁く。

「誰じゃ」

「平賀朝雅《ひらがともまさ》どの……。あの方は私達の娘婿、そうして大殿の御猶子《ごゆうし》、比企とも血が繋がっていて、頼家殿の従兄弟。源氏の血筋で文武両道で人望もおありとくれば、文句は何処からも出にくいと思いますわ」

時政と範子は顔を見合わせて頷き合った。

「平賀朝雅……その手はあるのう。ううむ。根回しは始めるとして、問題は……機会じゃな」

『よしよし、時政、余がお主にその機会を与えてやろうぞえ～！』

夫婦の会話を屋根の上から逐一聞いていた二匹の天狗、後白河と牛若は顔を見合わせて、にたり、と笑った。

「法皇様、面白いように筋書き通りに事が運びまするな」

「ひひひひ、そうじゃろう？　東国の蛮人など、余にかかれば赤子の手を捻るが如しよ。陰謀、術策、嫉妬、野心、誹謗中傷《ひぼうちゆうしよう》……余はそうしたものに囲まれて育ったからのう。何処をどの様につつけば、人の心がどう反応するか、よくよく知っておるのじゃ」

「法皇様のお手際、真に見事でございます。して頼朝を鎌倉より誘い出す作戦、どのようになっておりましょうか？」

「稲毛入道の橋供養は年の暮れになりそうじゃのう」

「それではまだ二ヶ月近く先でございますな。ああ、待ち遠しや！」

牛若が顔を上気させる。

「義経よ、油断するはまだ早いぞよ。例の陰陽師に気づかれぬよう、奴の注意を逸《そ》らしておかねばならぬ。そちの首尾は万全か？」

「はい。吾子、剛若《たけわか》が上手くやっておりまする」

「ひっひっひっ、祓うべき穢れが一切無い魔には陰陽師も手を焼くであろうなぁ〜」

牛若は眉を顰《ひそ》めて不安げに、

「法皇様、本当に吾子は大丈夫でございましょうか。法眼めに痛めつけられるような事は……」

すると、後白河は途端に機嫌を損じた。

「そちは余の言う事が信じられぬのかえ？」

牛若が慌てて「まさか」と首を振る。

「剛若はのう、特別なのじゃ。無垢の魂には、陰陽の術など通じぬのよ。生まれてすぐに死んだ赤ん坊は、いわば仏のようなものじゃからな。おまけに余計な知恵がない故に、祝詞《のりと》も経も和歌も怖うない。まさに無敵ぞえ〜」

「成程、ならばあの忌々しい陰陽師めに一泡吹かせてやれますな」

牛若もニヤリと笑った。

「そういうことよ、ひっひっひっひっ。……じゃがのう義経、剛若を操っておる我らの居場所を嗅ぎ付けられるのは不味い。この作戦の一番の弱点は、余とそちなのじゃ。剛若が上手くやっておる間は、ひっそりと身を隠しておらねばなぁ」

後白河は高笑いしながら、ふわりと宙に舞い上がった。その側に忽然《こつぜん》と牛車が現われる。後白河はいつの間にか天狗の変化《へんげ》を解き、生前の麗々しい帝の装いになっていた。

「あっ、法皇様、身を隠さねばならぬと言った側から、そのようなお姿で何処へ行かれるのです」

法皇は扇子を広げ、ぱたぱたと煽いだ。

「実はのう、面白い噂を聞いたので、確かめに参るのじゃ」

「噂？」

供の者が後白河の足に手を添え、法皇はそれを踏み台に牛車に乗り込んだ。澄まし顔で中に座っていれば、誰が天狗と思うだろう。

「そちは知らぬのか？　この無粋な鎌倉に、京から美姫《びき》がやって来たそうじゃ。夜半、引っ越しがあったのを巷の遊女達が見たと噂しておる」

牛若は怪訝そうに顔を顰めた。

「京から都落ちしてくる姫など、所詮ろくなものではありますまい」

「いやいや、違うのじゃ。その姿を垣間見た遊女が、余りの美しさに目が眩《くら》んだという。古代皇女・衣通姫《そとおりひめ》の末裔を称する程プライドの高い遊女らが、そうまで言うのじゃもの、これは一見の価値があろう?」

後白河が、ほくほくと言った。

「目が眩んだ……でござりまするか」

「そうよ、余は美しいものが大好きじゃ。美しいものは何者にも増して貴いものぞ。よって鑑賞してくるのじゃ。噂通りの美姫であれば、余が寵愛してやろうぞぇ〜」

牛車の御簾がするすると下りた。

呆気に取られる牛若を残し、牛車は天高く舞い上がる。

町に丑三つ刻の鐘の音が響き渡った。

「おお、今宵も丑三か。……剛若よ、しっかりやるのだぞ」

牛若もそう呟くと、火玉に姿を変え、ひらりと宙に消えた。

丁度その頃——。
町の遠近、庶民の家から、町屋から、御家人の邸から、各々飛び出してくる小さな人影があった。

子供である。

だが、どこか目が虚《うつ》ろで様子が怪しい。

子供らは、糸に手繰《たぐ》られるが如くに、八雲神社に向かって行く。

最初に道行く子供の背後に他の子供が合流し、一人、二人と増えていき、八雲神社に着く頃にはゆうに百人は下らぬであろうという大団になっていた。

神社の境内には、太鼓と笛の音が鳴り響いていた。

墨のようにねばついた漆黒の一角に、伸び縮みする篝火《かがりび》があり、その回りで田楽者達が歌い踊っている。

〽えーそれそれ
　かまくらのやえうれぼしをみばや
やこうのよるなどをのづからあるらむ

田楽者の一人が、見事なトンボを切ってみせると、子供達は、わっと歓声を上げた。

すると、何処からか笛が飛んできて、田楽者の額に当たった。田楽者は額を押さえ、尻餅をつく。また子供らが、わっと歓声を上げた。

「五月蠅いぞ、そんなものを見ている暇はない。皆、集ったかッ！」

鋭い声を張り上げたのは、八雲社の屋根上に立っている剛若である。田楽者達はわらわらとその足下に駆け寄っていく。

「これ童《わらべ》、帝の社を足蹴《あしげ》にするとは不届きじゃぞ！」

「早く下りませ！」

剛若は屋根の上から冷たく彼らを見下ろした。

「五月蠅いぞ、化け物共！　畜生の分際《ぶんざい》で我に話しかけるなッ！」

田楽者は頭から湯気をたてた。

「なっ、なんと口の悪い童じゃ！」

「そちの父をここに呼びやれ！　叱ってくりょうぞ！」

剛若は高笑いして、

「黙れッ！　乞食芸人風情が父上を呼びつけるなど片腹痛いわ。お前らは其処で下手な踊りをしておればよい！」

烈火の如くそう叫ぶと、下の子供達を振り返った。

「者共、我に従え、鎌倉の町を騒がせてやれッ！　いつも口五月蠅《くちうるさ》いことばかりを言う、薄汚い大人共を脅してやるのだッ！」

子供達は一斉に鬨《とき》の声《こえ》を上げた。

22

小町大路と横大路の辻――。

兵衛と智久は篝屋《かがりや》の中にあって、夜警の任務についていた。

数日前から御家人宅への投石騒ぎが続いているので、篝屋が大路と大路の交差点に七つ設けられ、家来達が順番に其処へ詰めていたのだ。

智久は懐に隠し持ってきた徳利を取り出し、ぐいっと酒をあおった。

「夜ともなると肌寒いのう」

「おう、そうだな」

兵衛は筵戸《むしろど》を上げて左右を見回した。

智久は浮かない顔で、

「聞いたか、兵衛。昨夜、畠山どのの所にまで投石があったのよ」

「畠山どのはご立派な御方として高名ではないか。不平不満を持つ者がいると言うのか?」

「殆どおらぬだろうなぁ。恨んでいるとすれば、合戦で父を殺された三浦どのぐらいだろうよ。それで家来衆は、『すわ三浦の攻撃か』と勇《いさ》んで外に出て行って……見たというのよ」

智久がひっそりと声を落とした。

「見たとは、何を見たのだ？」

「投石の下手人達よ」

智久が思わせぶりに杯をあおる。

「……で、誰だったのだ」

兵衛も低く訊ねた。

「それがな、子供だそうな」

「子供？」

「そうなんだ、子供が二十人余りで逃げて行ったらしい」

「相手は子供か……」

兵衛は呟き、ふと自分の子供に思いを馳せた。

蛇界《じゃかい》にいる白菊との子供は、もう生まれた頃だろうか。それとも時間の流れの違う世界の事であるから、まだまだ先の事なのだろうか。兵衛は無性に、妻子が恋しく思われた。

「兵衛よ、話にはまだ続きがある。大きい声では言えんがな……」

と、智久は兵衛の耳元に口を寄せた。

「下手人達の中にな、巷の子供に混じって、足立様や八田様の御子息らしき方々もいたというのだ」

「ええっ、まさか……」

智久は「まさか、だろう?」と、目配せをして頷いた。

「それで、畠山どのの家来衆も不思議に思ってな、これは下手なことは言えぬと、見て見ぬ振りをしたという」

「そ、それは……滅多な事は言えんだろうな」

「そうとも。だが、確かに最近は子供らの様子が妙に騒がしいだろう? 町屋の方でも子供の泥棒が横行しているというしな。それにしても深夜に子供ばかりが集って、御家人の邸に投石するなど普通ではない。なにやら怪異の臭いがせぬか?」

「子供の夜行か」

「……そうよ」

二人が鳥肌を立てて黙り込んだ時、横大路の向こうから警蹕《けいひつ》の声が聞こえてきた。

「はて不可思議な、こんな深夜に、貴人のお通りか?」

二人は篝屋から出て、通りの向こうに目を凝らす。

ぎし、ぎし、と轂《こしき》が軋む音が響き、遠くに松明の火が見えた。

警蹕の声は徐々に威嚇《いかく》するように大きくなり、供らしき人影に囲まれた牛車《ぎっしゃ》の姿が闇にぼんやり浮かび上がる。

「どうする、智久。何処へ行かれるかと問うた方が良くないか」

「どうしたものか。牛車となれば、京の御方……もしや二階堂様やも知れぬ。下手にお止めすると、無礼にならんだろうか」

「しかし、それが俺らの仕事だろう。よし、俺が訊いてくる」

「あっ、待て、早まるな」

智久が制するのも聞かず、兵衛は牛車の方へ駆けて行った。

供が一人、兵衛の行く手を遮る。

「そちゃ、警蹕が聞こえなんだか。何ゆえ、我が主人の通り道を塞《ふさ》ぎやる！」

相手は大変な鼻息である。

「失礼とは存じまするが、我らは篝屋で通りの番をするお役目です。牛車の君はどなた様か、またこの深夜に何処へ行かれるのか、お訊ねしたい」

兵衛は仁王立ちで答えた。

「下郎風情が、我が主人に名乗れとは笑止千万。さあ、其処をどきやれ。邪魔するならば切り捨てようぞ」

供が腰の刀をするりと抜く。不味い事になった、と智久は兵衛に駆け寄った。すると、牛車の中から如何にも品の良い声がした。

『なんぞあったかや？』

刀を抜いた供は地面にひれ伏し、

「はっ、篝屋の番をしている下郎が、ご主人様の名と用向きを答えろなどと申しますゆえ……」

『ほほほほ、それしきで騒ぐでないぞよ』

――と、上品に笑ったのは、無論、法皇姿の後白河である。後白河は御簾の奥でにたりと笑い、大胆な嘘をつく事にした。

『篝屋の番とやら……。まろは先の関白、藤原兼実じゃ。甥の叡仁《えいにん》の身を案じて参った。鎌倉どのの意向にて蟄居《ちっきょ》する身ゆえ、このように深夜ひっそりと動いておじゃる』

先の関白と聞いて、兵衛と智久はのぼせ上がってしまった。なにしろ殿上人である。

「こ、こ、これは真にご無礼仕りました。どうぞ御通り下さい」

二人は通り過ぎていく牛車を呆然と見送った。

篝屋の前を横切る時、灯りに照らされ、豪華絢爛な黄金の帳《とばり》が煌めいた。其処には抜かりなく、藤の紋が六つばかり浮かび上がっている。


篝屋に戻った二人は、しばし呆然と酒を酌み交わした。

ようやく智久が口を開いて、

「なぁ兵衛、公家というのは皆、あのように優しげな、女のような声なのか」

「さっ……さぁ、俺にはよく分からぬが」

「藤原様と言えば、幕府創設に尽力なされたが、色々あって失脚なさったそうだ。それで、政子様は気の毒に思われ、藤原様の甥・叡仁阿闍梨どのを鎌倉に迎えられたらしい」

「そうか……。政子様も意外に心優しい所がおありなのだな、俺は感心したぞ」

兵衛は、義時と政子が良からぬ相談をしていた様や、頼朝の夢の中で見た恐ろしげな政子の様子を思い出しつつ、呟いた。

それを聞くと智久は目を丸くした。

「おいおい、『意外に』とはどういう事だ？　政子様は源平の合戦の折も、武将達にそれは細《こま》やかな心遣いをされ、慕われていたと聞くぞ」

「そ、そうなのか？」

「なんだ知らぬのか。実はな、大殿が義経様を討たれた時、武将の中には反対した者も多かった。義経様を慕い、英雄として崇《あが》めるものも多かったのだ」

「それは俺だってそうだ。義経様は凄い御方だった」

「だろう？　それでな、大殿に対して謀反さえ起こりかけたのだが、結局それが無かったのも、『偏《ひとえ》に政子様のご人徳の賜物』と言って憚らぬ者もいるらしいぞ。それに政子様は、義経様の御子が殺される時にも、随分と反対されて庇《かば》ったと言うではないか」

兵衛はこれを聞くと、「うむむむ」と長く呻吟した。最早、誰が善人で誰が悪人か、分からなくなってきたのである。

〽月は隠れる　八幡は種蒔《ま》く
蒔けども蒔けども　種は芽吹かず

風に乗って、童歌らしきものが聞こえてきた。不吉な調べである。

智久が立ち上がり、通りの彼方を指差した。

「見ろ、子供だ！」

小町通りの向こうから一塊の子供達が、ばたばたと駆けて来る。

兵衛も慌てて立ち上がり、二人は篝屋を飛び出した。

「こらこら、お前達、何処へ行くのだ！」

智久の叱責に、答える者はいなかった。

二人の大男が立ちはだかっている間を、するりとすり抜け、次々と逃げていく。

「こらっ、待て！」

兵衛は一声叫ぶと、旋風のように空を切って飛び、先頭の子供の前に舞い降りた。そして、目にも留まらぬ速さで一人、二人と子供の襟首を摑み始めた。

智久はこれに目を丸くしながら、逃げまどう子供をようやく一人捕まえたが、がぶりと腕を噛まれてしまった。

「くそっ、悪餓《が》鬼《き》め！」

毒づいた時、智久の目の前を一人の子供が駆けて行った。智久は必死の形相で、子供に飛び掛かり、地面に押さえ込んだ。

「兵衛、大変だ！　こっちに来てくれ！」

「えっ？」

智久の必死の声に、兵衛は七人ばかりの子供を抱えて振り返った。

「他の子なんぞはよい、早くこっちへ！」

兵衛は智久が押さえ込んでいる子供の顔を確認し、「あっ」と仰天した。

「た、た、竹丸《たけまる》様！」

智久の腹を足で蹴っているその子供は、二人の主・戸川泰典《やすのり》の御末子であった。

すわ一大事とばかりに、兵衛は他の子供を放り出し、竹丸の足首をむんずと摑んだ。

と、その瞬間である。がっくりと子供の身体から力が抜け、白目を剝いてしまった。

「わっ、竹丸様、竹丸様、しっかりなさいませ！」

焦った智久が竹丸の体を揺さぶるが、全く反応がない。

「ひっ、兵衛、お前、竹丸様に何をしたのだ」

兵衛も狼狽《ろうばい》して、

「なっ、何もするものか、見ていただろう、足を摑んだだけだ」

「それでどうして白目を剝いて、ぐったりされてしまったのだ」

「知るものか！」

二人は顔を見合わせ、それから微動だにもしない竹丸の様子を窺った。

「息の音はあるか？」

兵衛の問いに、智久はおっかなびっくりしながら、耳を竹丸の鼻先に近づけた。

「ある。ある。ある。ある。ある。ある。ある。……死なれてはおらん」

二人は安堵の溜息をついた。

「……しかし、戸川様にこの状態をどう説明したものか」

智久が頭を抱える。

その時、兵衛の背後で、ぞくりと肝の凍る低声がした。

「お主らのせいではない。その子供、憑《つ》かれておるのよ」

はっ、と二人が振り返ると、闇装束を纏った法眼が立っている。

「あっ、法眼どの！」

地獄に仏とばかりに、智久が歓喜の声をあげた。

法眼は倒れている竹丸に近づくと、身を屈め、竹丸の瞼裏、舌色などを観察した。それから子供の襟から手を入れ、腹部を探った。

——腹に何かある……

法眼の瞳が妖気を放った。

「憑かれているとはどういう事だ?」

兵衛と智久が声を揃えた。

「何者かに術をかけられ、思いのままに操られておるのよ」

「どうすれば良い?」

「戸川どのの邸へ連れ帰り、おれが術を解いてやろう」

「そ、そうだな、それがいい」

兵衛が竹丸を背負い、三人は戸川邸へと向かった。

23

竹丸が尋常ならざる様子で邸に担ぎ込まれたと聞いた戸川泰典は、転がるように居間に駆け込んで来た。

白目をむいて仰向けになっている竹丸の側で、妻の喜代《きよ》がさめざめと泣き崩れている。

「これは一体、どうしたことじゃ!」

泰典はわなわなと震え、庭先に立っていた兵衛と智久に詰問《きつもん》した。

「はい、それが……篝屋で番をしていた所、数十人の怪しい子供らの集団が、夜道を歩いて参りまして……そこに竹丸様がおられたのです。そこでお止めしようとしましたら、このように白目をむいて倒れられまして……全く訳の分からぬ事なので……」

智久がしどろもどろに説明をするが、泰典は険しい表情を変えない。

「ええい、何を申しておるのか分からぬわ! 子供の集団がどうしただと、止めようとしただけで、何故、竹丸がこのようになるのじゃ!」

「戸川様、そのことならば、わたくしが説明致しましょう」

すっと襖《ふすま》が開き、部屋に入って来たのは法眼であった。闇装束を着替え、蟋蟀《こおろぎ》の描かれた薄緑の狩衣姿になっている。

「おお、鬼一法眼、お主も一緒だったのか」

はい、と法眼は頭を下げた。

「今宵、私が夜回りをしておりますと、和田様のお屋敷で投石騒ぎがございました。見ると、石を投げているのは二十名ばかりの子供達。……そこで子らの後を追いましたところ、これなる二名の者が、取り押さえた竹丸様の側で狼狽している所に遭遇したのでございます」

法眼は蘞《えぐ》みのある低音で語った。

泰典が、ざっと青ざめる。

「するとお主は……竹丸が和田様の邸に投石していた子供らの中にいたと申すのだな」

「はい、この目でしかと見ました」

泰典は慌てふためいた。和田は戸川の主君である。その邸に、たとえ子供と雖《いえど》も投石したなどと世間に知れれば、どんな疑いをかけられるやも知れぬ。

「こっ、これは大変じゃ、そのようなこと口外は出来ぬ。兵衛、智久、竹丸のことは漏らしてはならぬぞ。お主らは、急いで篝屋へ戻り、何事も無かった様にしておれ、いいな」

兵衛と智久はしっかりと頷き、戸川邸を後にした。

門を出る時、智久が兵衛を肘でつついて、

「兵衛よ、最近のお主はやっぱり奇怪しいぞ」

「さっき子供達を捕まえた時、お主はまるで鳶のように身軽であったぞ」

「な、何がだ？」

「そ、そうだったか？」

「そうとも。白菊どのが居なくなってから、お主は本当に、本当に、変になった……。まあ、女房どのに逃げられてショックなのも分かるがな、何しろあれほどの美女だったんだ、お主と一緒に居た事の方が不思議だったのよ。諦めろ……な、兵衛、気をしっかり持ってな」

「智久め、勝手な事を言ってくれる……」

囁き合いながら、二人は夜警に戻って行った。

居間では、泰典が首を捻っていた。

「一体、どうした事だ。何故、竹丸が……」

「はい、竹丸様は術をかけられ、操られているのです。この様に倒れられたのも、その為でございましょう」

「ど、どうしたらよいのだ」

「用意は奥の間に出来ております。竹丸様をそちらへ」

奥の間には、忌竹が四本、四角く組まれて畳の上に置かれた内に、青木香《せいぼくこう》が焚《た》かれている。

そこに竹丸を寝かせるよう命じ、法眼は枕元に座った。

戸川泰典、喜代の夫婦も心配げに息子の側に腰を下ろす。

その時、何処からともなく童子の声が響いた。二郎丸である。

『主、御用のものを持って参りました』

「ご苦労だった。置いて帰れ」

法眼が答えると、天井からぽとりと薬包みが落ちてきた。

「一体、何処から……」

泰典は辺りを見回し、「怪しき奴よ」と小さく呟いた。

「陰陽師様、それは何でございましょう?」

喜代が訊ねる。

「毒消しの薬でございます」

法眼は短く答えると、印を結んで呪を唱えた。

しかしくま、つるせみの、
いともれとおる、ありしふえ、
つみひとの、のろいとく

竹丸の指先が、ぴくぴくと反応した。この呪を唱えて指が動けば、何かに憑依されている証《あかし》である。

法眼は厳しい表情で気合いを蓄え、再び印を切り直した。

天切る、地切る、八方切る、

天に八違い、地に十の文字、秘音、

一も十々、二も十々、三も十々、四も十々、五も十々、六も十々……

竹丸の体中に痙攣《けいれん》が走った。泰典と喜代は寄り添い、不安な目で竹丸を見つめている。

「ふっ切って放つ、さんびらり、えいっ！」

法眼が鋭い気合いで、指刀を竹丸の腹に突き立てると、竹丸の体はぐっと弓反《ゆみぞ》った。

その口から「うげっ、うげっ」と異音を発し始める。

「おお、竹丸や、大丈夫ですか」

喜代が思わず進み出て、竹丸の体を抱き締めた。

「心配ございません、腹のモノが出てこれずに苦しんでいるのです。竹丸様の口が開いた瞬間に、

この薬を呑ませなさい」

「はっ、はい」

法眼が渡した薬を、喜代はしっかり握りしめた。

「うげっ」

竹丸の口元が開いた。慌てて喜代が隙間に指を突っ込み、薬をねじ入れる。

「こほっ、こほっ」

乾いた咳を二度発して、竹丸は水を打ったように静かになった。

三人が見守る中、数十秒経つと、突如竹丸は上半身をバネのような勢いで起こし、悪臭を放つ緑色の粘液を勢いよく嘔吐《おうと》した。

「うげげげぇぇぇーーーーっ」

「竹丸！」

「竹丸、大丈夫か！」

肩で息をしている竹丸を二人が覗き込むと、竹丸はきょとんとした目を見開いた。

「……父上、母上、どうなされたのですか？」

「おお、ようやく心を取り戻したか！」

「よかった、竹丸や」

一方、法眼は竹丸の嘔吐物を鋭い眼で睨んだ。

そして緑色の液体の中に、白い石の破片のような異物を見つけると、袂から布を取り出して異物を置き、これをじっくりと観察した。

「い……今のは何だったのだ?」

泰典が訊ねた。法眼はずい、と白い破片を差し出した。

「これが竹丸様の腹の中に巣食い、操っていたモノの正体でございます。恐らく骨でございましょう」

「骨……? 竹丸の腹から骨が出てきたと言うのか!」

「はい。ですから、竹丸様はもう大丈夫にございます」

法眼は短く答えて押し黙り、一人考えを巡らせた。

やはり蠱毒《こどく》の一種か……。だが妙な、呪禁使いなら獣の骨を使う筈
これは人の骨のような……しかもこの大きさは、赤子の骨か……?

24

鎌倉の外れに、小ぢんまりとした邸が密《ひそ》やかに建っていた。薄羽蜉蝣《うすばかげろう》が庭を行き交っている。何処かの男から届けられた反物や金子が、縁側に置かれている。

嫗《おうな》はそれらを片づけていた。そして御簾の奥に座っている姫に声をかけた。

「姫や、姫、御髪《おぐし》を梳《す》いて上げましょう」

櫛と鏡を手に、いそいそと姫の後ろに座る。十二単の後ろ姿に、黒々と髪が垂れている。

「どうやら、姫に思いを寄せる男子がいるようですわね。姫も、そのような年頃になりましたのねえ」

嫗は、緑色につやつやと輝いている髪に櫛を入れながら、

「本当に有り難いこと……。姫に情けをかけられ、暮らし向きも随分と楽になりました。でも姫や、姫が気に入った方はおられぬのですか？　今度、使いが来たら、どなたからの物かと訊ねてみましょうか？」

姫は首を振った。

「まだ……わたくしはその気になりませぬ」

「それにしても、ああもこっそりと此処に移り住んだというのに、一体誰が姫の身の上を知った

のでしょうねぇ」

嫗は鏡に映る輝くばかりに美しい姫の顔を、うっとりと眺めた。

「そのようなことより、母者はなぜ着物をもっと作らぬのですか？　反物なら其処に、腐る程あるではありませんか」

嫗は柔和に笑って、

「私はこれでいいのですよ。着替えももう十分ありますよ。それよりも、姫が美しく着飾っている姿を見る事が、私の幸せなのですから」

「……」

「それより姫や、そろそろ身の上を明らかにして、婿選びをするのが肝心ですよ」

「わたくしは母様とこうして二人でいるのが好きなのです」

まぁ、と、嫗は感激の声を上げ、袂で目尻をぬぐった。

「そうですか、そうですか、姫がそういうのなら良いのですよ。無理矢理、好きでもない人と添わなくてもよいのですよ。母は無理強いはいたしませぬ……。この母と、ずっとこうして暮らしましょうね。さぁ、姫、夜もすっかり更けております。灯りを消してお眠りなさりませ」

そう言うと嫗は、ふっと灯台の火を吹き消し、自分の寝所へと去っていった。

姫もまた寝所に入り、眠りに落ちようとした時である。

ぎっし、ぎぃぃぃ、ぎっし、ぎぃぃぃ、と、幽《かす》かに轂《こしき》の音が響いてきた。

――牛車……？　面妖な……

妖しい物音の正体を探る為に、姫は庭に降りた。

垣根の向こうに牛車が一つ、扇で顔を伏せた男が立っている。

姫はきっ、と男を睨んだ。

「そこにおるのは誰じゃ！」

「これはこれは……姫君みずからが庭に出て参るとは、いとおかし。おお、それにしても噂に違《たが》わぬ美しい姫じゃのう」

聞き覚えのある声だ。姫は暗闇に眼を凝らした。

「お前、人ではないな……。まろの眼はごまかせぬぞ」

「あなや、余の気配に気づくとは、お主こそ何者じゃ？　ただの姫君ではあるまい」

扇子を下ろした後白河の顔を見た姫は、目を瞬いた。

「なんと、天狗になった後白河院ではないか！　そっちこそ、まろを見忘れたか」

後白河は訝しそうに姫を見た。そして暫くすると「おお」と驚き、

「そちゃ、白拍子の水鳴ではないか。なんと装束を変えれば美姫になるものよ」

「悪さをするなら、又にしてくれ。まろは今忙しいのじゃ」

「悪さなぞする気はないぞえ。それより何故、お前がここに居る。もしやこの邸の主は、法眼縁《ゆかり》の者か？　もしそうならば、只では帰れぬなぁ」

「此処の主は、法眼の縁者ではない、年老いた老婆じゃ。母者に悪さをするなら、まろも黙ってはおらぬぞ」

ほおっ、と後白河は微笑した。

「気の強い娘じゃ、しかし怒った顔が又良いのう」

「もう帰れ、まろは寝るぞ」

「待て待て、邸の主は、お前の母者なのかえ？」

「本当の母者ではないが、母じゃ」

後白河は解《げ》せぬ面持《おもも》ちで、庭の中へと入ってきた。

「入るなと言うておるだろう。まろにだって、大狗経ぐらいは読めるのだぞ」

「おお怖や」

後白河は肩で笑い、一瞬、鼻をひくつかせた。

「不思議なことよ……懐かしい匂いがする……遠い昔を思わせるような」

小声で呟くと、後白河は真顔で黙り込んだ。

「どうした、急に態度を変えよって」

水鳴が怪訝そうに問うた。

「のう、美しい白拍子や……。何の理由でお前が、母でもない者を母と呼び、此処でひっそり暮らしておるのか、その理由を教えてはくれぬか。そうすれば黙って去ってやろうぞえ」

「それは真だろうな」

「真じゃ。余は女子を可愛がりこそすれ、悪さなどしたことはないぞよ」

「では話してやろう。聞いたらさっさと去るがいい」

それで水鳴は老婆の身の上と、死んだ姫の事、ある尼にこの役を頼まれた経緯を語った。

話をしんみりと聞いていた後白河は、聞き終わった途端、はらはらと泣き出した。

「なんじゃ、天狗となった身でも、ものの哀れが分かるのか」

後白河は、袂で目頭を押さえつつ、

「その形見とやらを見せて貰えぬか？」

「形見の香袋ならば、床の間に飾っておるわ」

水鳴が示した床の間に、後白河はふわふわと宙を歩いて近づいて行った。

「おおっ、これは、何とした事か……」

後白河の体が震え出す。

水鳴は不思議そうに、その背後に声をかけた。

「その香袋がどうかしたのか？」

「この香は、余が特別に配合させていたものじゃ。おお、それにこの文様、あな懐かしや」

水鳴は途端に「あっ！」と叫んだ。

「お前が『無責任な京の男』か！　お前が全ての元凶ではないか！」

「許してたもれ、許してたもれ……」

後白河は誰に対してか、手を合わせて呟き、煙のように消えてしまった。

「なんと驚きじゃな。不二尼め、ハッキリと男の名を言わなかったのは、こういう訳か」

水鳴は鼻息荒く呟いた。


その頃、京都の二条殿では、後鳥羽上皇がすやすやと眠っていた。

――しくしく、しくしく。

何者かの泣き声に気づいて、後鳥羽は目を覚ました。

見ると、後白河の姿が天井近くに揺らいでいる。後鳥羽は、がばりと跳ね起きた。

「お祖父様、どうなされました。何事かあったのですか？」

『おお、おお、尊成よ……。余の頼みを聞いてはくれぬか』

「何でございましょう。この尊成に出来る事なら、何なりとお申しつけ下さい」

『何と優しい子じゃ……。実はな、鎌倉に余の縁者がおるのじゃ。これが実に哀れな身の上に墜《お》ちておってのう……。せめて、生涯の暮らしに困らぬだけの物を送ってやりたいのじゃ』

「そ、それは宜しゅうございますが……」

『おお、助かるぞよ。邸は二の鳥居から武蔵大路に突き当たった場所じゃ。じゃがのう、くれぐれも目立たぬように、内密に頼んだぞよ』

「しかしお祖父様、そのような場所に縁者……でございますか？」

『そこは深くは聞いてくれるな。尊成よ……お前にも後に、思わぬ縁者がいたことを知る時もあろうぞえ』

後鳥羽はその言葉で、大方の事情を呑み込んだ。

後白河が消えた後、後鳥羽は一瞬の躊躇《ためら》いもなく側近を呼びつけた。そうして考え得る限りの物品を揃え、鎌倉の邸に届けるよう命じたのである。

京からの使者は、数日後の深夜にやって来た。

縁側に呼ばれた媼と水鳴を前に、まず長々と院からの挨拶が述べられ、織物や着物、金銀の装飾品、螺鈿《らでん》の唐櫃《からびつ》、書道具、巻物、几帳《きちょう》に衝立《ついたて》、果ては小さな荘園までもが与えられた。

これに驚き果てたのは、媼のみならず水鳴も同様である。

そうして、この行列を怪しみ尾行してきた梶原景時の密偵も、腰をぬかさんばかりに驚嘆して、主人の邸に駆け戻った。

最初に密偵の呼ぶ声に気づいたのは、休暇中の景季《かげすえ》だった。

「どうした、調子丸《ちょうしまる》、この深夜に何か火急の用か？」

調子丸は息を荒らげながら、

「景季様、火急も火急でございまする」

「何だ」

「どうやらこの鎌倉に、高貴な姫君がおられるようなのです。先日、武蔵大路に引っ越してきた媼とその娘、いや、姫君にございまする」

「ああ、随分と美しい姫という噂は聞いたが、高貴な姫とは聞いていないぞ」

調子丸は、ぶるりと首を振った。

「いえ、先程、その邸に人目を忍んで後鳥羽院の使いが訪れ、恐ろしく高価な物品を次々と運び入れたのでございまする」

「何っ、後鳥羽院だと！」

景季の顔色が変わった。

「はい……。院のご側室があのような場所に、よもや鎌倉におられる筈はないと、ようく耳を欹《そばだ》てておりますれば、媼の方は熱田の小豪族の娘。そして、先の後白河法皇との縁がどうこうと漏れ聞こえて参ったのです」

「待てい、調子丸。つっ、つまりこういう事だな。その姫というのは、後白河法皇と媼の間に産まれた娘だ。そうだろう、そうとしか考えられまい！」

景季は、興奮の余り唾を飛ばした。

「はっ、そのように思われます」

景季は、ぐぐっ、と拳を握りしめた。

なんという僥倖《ぎようこう》ぞ！

まさに我らが望んでいた姫ではないか、先の法皇の落《お》とし胤《だね》とは……

母の身分が低いのも丁度良い。余り高ければ、相手にされぬだろうからな

この情報、まだ誰にも漏れておらぬ筈

先手を打って、なんとか姫を俺のものにしたい！

景季はきりきりと眦《まなじり》を上げた。

「調子丸、都の高貴な姫は、どのように口説《くど》くのだ。東女《あずまおんな》とは扱いが違うであろう」

「はい、まずは文《ふみ》が妥当でございます。女人の心を捉えるような恋文を、使いに届けさせるのです。突然、直接会いに行くというような、無粋な真似は嫌われまする。相手側は、その文や貢ぎ物にて、若殿の御教養や身分を値踏みし、返書、返歌がありましょう。その様に幾度かやりとりをして、色良い返事があった時に、初めて邸を訪ねるのでございます」

「ううむ、なんと七面倒臭《しちめんどうくさ》い！　しかし背に腹は替えられぬ。誰か優れた歌詠《うたよ》みを探せ、代筆者も探すのだぞ。他に気取られてはならぬ故、この鎌倉では探すな、少し離れた所の者を探せ。貢ぎ物も京から買い出して来い、金に糸目はつけぬわ！」

――運命は水鳴の知らぬ所で面倒な方向へと回り始めた。

この様子を水鏡で見ていた法眼と二人の太夫は、困惑顔を見合わせた。

「やれやれ……あれこれ厄介事が多いというのに、今度はこれか。上皇様も全く余計な事をしてくれるのう」

水蓉太夫がうんざりした調子で言った。

「どうする龍水、やがて噂はもっと広まるぞ」

水見太夫は心配そうだ。

「まあ、暫くは放っておくしかあるまい……。なに、最後には大芝居でも打って、目眩ましにかけるさ」

法眼が軽く答えた。

「可笑《おか》しなものよのう……。妻のおる者からおらぬ者まで、今や鎌倉中の御家人が京女を欲しがっておるわ。普段は京の公家共を『何もせぬ御仁達』とあざ笑っている武士達じゃが、京女はお好きらしい……。京の雅《みやび》な女人を側室や内室に迎えることは、一寸したステータスになっているようじゃぞ。その上『御落胤《ごらくいん》』と来れば……鎌倉中の御家人が求婚してくるに違いないわ」

水蓉太夫は大笑いした。

法眼は沓《くつ》を履いて庭先へ下り、石榴の木を見上げた。
先月十五夜の月見は雨に流れて出来ずにいた。それで、せめてもと十三夜の月見の装いは華やかにしたのであるが……。

心配はそんな騒動より、水鳴の心の内よ
このような時に、片見《かたみ》（形見）月《づき》とは出来過ぎだな
『母』か……

夜空には、十三夜の満月が皎々と輝いている。
月の周りで鳶天狗達が飛び跳ねている。
呪の妨害に忙しく、十五夜を祝い損ねた鳶天狗も、今宵は片見月に浮かれ騒いでいた。

あとがき

二〇〇〇年一〇月一〇日

『鬼一法眼・弐之巻』、予定より随分遅れてしまい、申し訳ありません。言い訳になってしまいますが、原因は、『ついに倒れました藤木稟』です。

よっ、玉屋《たまや》！

数少ない作家友達には、「やっぱりねぇ、そうなると思ってたよ。普通じゃないよペースが、藤木稟、おかしいよ絶対」と呆れられてしまいました。

だって、だって、知らない内にこうなってしまっていたんですよーう。私って断れない質なんです。計算してみたら、毎月原稿、三百枚ずつ締め切りがあるような具合でした。

しかも、書いてる内容が、満州《まんしゅう》、鎌倉、江戸《えど》、明治《めいじ》、昭和《しょうわ》初期、現代、ミステリー、伝奇、SFに探偵、漫画原作とぜーんぶ内容が違うものばかりで、資料の整理をつけるだけで目が回りそう。

（ここから心の声——ああ、有能な資料整理専門秘書が欲しいよう！　でもきっとこんなバラバラで滅茶苦茶な、しかも日常目にしたこともないようなモノばかり書いてある資料を、てきぱき把握して整理出来る人なら、もっといい会社に就職出来る人材だろうから、きっと巡り合うことはないんだろうなぁ…………(;_;)。）

しかし……ということは、書き直しの激しい私は、毎日何枚書いていたんだろう？

そしてどれだけ実生活には丸切り何の役にも立たない資料に埋もれた生活をしているのだろうと、ふと疑問に思ってしまいます。

うちの本棚、妖しすぎ……。

一度、住民調査の警察の人が来て、本棚なんかを観察していた風情だった。変な目で私を見ていたなぁ。きっと妙な宗教団体とか、危ない思想の過激派とか思ったのでは……。

パソコンも大体一年でパンクしてしまうし……。

それにしても書きすぎて読者の皆さんに飽きられやしないか少し心配、でもでも、書きたい話は貯まってきてしまうし、それが書けないのは苦しいし、ああっ、四面楚歌な気分。

あ、話がズレてしまいましたね、そうそう、ともあれ飛び込みの仕事などもあって、黙々と書き続けている内に、突然、ある夜、呼吸困難となり、意識を失ったわけです。タクシーで運ばれた病院で、『過換気《かかんき》症候群です、ついでに喉頭神経症と、頸椎《けいつい》神経痛も併発しています』と、きっぱり診断されました。

過換気症候群は最近、ストレスからなる人が多いらしいですから、皆さんも気をつけて下さいね。あれ、滅茶苦茶苦しいんですよ。酷くなると手足とか痙攣《けいれん》してくるし、危ない人状態。私の場合は、過労と神経衰弱からだったらしいです。なんか最近、目がよく見えないし、息苦しいなぁ、と思ってはいたんですよね……（遠い目）。

で、「どうしたら治るんですか？」と訊ねると、「二ヶ月は仕事を止めて休んで下さい。これ以上酷くなると神経科を紹介しないといけません」と、これまたきっぱり言われました。

ヤバイいよそれ！

と、さすがの藤木稟も思いましたね。

お医者様の言うことは聞いておこう……ということで休みました。そして原稿が遅れました。重ねてすいませんでした。


さて、今回のあとがきでは『陰陽道講座』は休載です。作中でちょこっと作者が登場し、解説する場面がありますので、そちらでお会い？　しましょう。

修験者の呪文「橋の下の菖蒲は誰が……」は歌舞伎で山伏に扮した弁慶も唱える呪文なのですが、研究者によって解釈はいろいろと分かれ、定説はありません。作中では、私の独自的な解釈をしてみました。

都の風水のことは、結構、ブームにもなったりしたので、皆さんはご存じですよね。それを少し深めに掘り下げただけ。だから講釈は止めておきましょう。

その他、タタラと隕石と製鉄の関係など、当シリーズには色々と藤木の解釈が盛り込まれています。何れも、私自身が推察・研究・納得した説をご紹介しております。どうぞ気軽にご覧くださいませ。

今回、違うシリーズでも登場させている真言立川流《しんごんたちかわりゅう》も出てきました。

これって、後醍醐《ごだいご》天皇と文観《もんかん》が有名なんですが、平安の末期から、一部では流行っていたらしいです。

なにしろ、教義が乱交でございましょう？

色の道が好きなお公家さん達には受けただろうことは想像容易ですよねー。

ともあれ、弐之巻で生じてきた様々な事件や陰謀は、参之巻で結果が明らかになりますので、お楽しみに。

今度は、遅れないように頑張ります！

お願い――

この本をお読みになって、どんな感想をもたれたでしょうか。「読後の感想」を左記あてにお送りいただけましたら、ありがたく存じます。

なお、「カッパ・ノベルス」にかぎらず、最近、どんな小説を読まれたでしょうか。また、今後、どんな小説をお読みになりたいでしょうか。読みたい作家の名前もお書きくわえいただけませんか。

どの本にも一字でも誤植がないようにつとめておりますが、もしお気づきの点がありましたら、お教えください。ご職業、ご年齢などもお書きそえくだされば幸せに存じます。

東京都文京区音羽一―一六―六
(〒112―8011)
光文社「カッパ・ノベルス」編集部

長編伝奇小説　陰陽師《おんみようじ》 鬼一法眼《おにいちほうげん》 弐之巻《にのまき》

2000年12月20日　初版1刷発行

著　者　藤《ふじ》木《き》稟《りん》
発行者　濱井武
印刷所　公和図書
製本所　明泉堂製本

発行所　東京都文京区音羽1　振替 00160-3-115347　株式会社 光文社
電話　編集部 03(5395)8169
販売部 03(5395)8112
業務部 03(5395)8125

落丁本・乱丁本は業務部へご連絡くだされば、お取替えいたします。

ISBN4-334-07411-1
Printed in Japan

KAPPA NOVELS　KOBUNSHA

「カッパ・ノベルス」誕生のことば

カッパ・ブックス Kappa Books の姉妹シリーズが生まれた。カッパ・ブックスは書下ろしのノン・フィクション（非小説）を主体としたが、カッパ・ノベルス Kappa Novels は、その名のごとく長編小説を主体として出版される。

もともとノベルとは、ニューとか、ニューズと語源を同じくしている。新しいもの、新奇なもの、はやりもの、つまりは、新しい事実の物語ということころから出ている。今日われわれが生活している時代の「詩と真実」を描き出す——そういう長編小説を編集していきたい。これがカッパ・ノベルスの念願である。

したがって、小説のジャンルは、一方に片寄らず、日本的風土の上に生まれた、いろいろの傾向、さまざまな種類を包蔵したものでありたい。かくて、カッパ・ノベルスは、文学を一部の愛好家だけのものから開放して、より広く、より多くの同時代人に愛され、親しまれるものとなるように努力したい。読み終えて、人それぞれに「ああ、おもしろかった」と感じられれば、私どもの喜び、これにすぎるものはない。

昭和三十四年十二月二十五日　光文社